作者简介

李浩,陕西靖边人,现任西北大学中国文化研究中心主任、西北大学文学院教授,兼任中国唐代文学学会副会长、西安市文艺评论家协会主席等。曾先后在韩国庆尚大学、台湾地区逢甲大学及中兴大学担任客座教授。著有《唐代关中士族与文学》《唐代三大地域文学士族研究》《摩石录》等学术著作,《怅望古今》《课比天大》《行水看云》《流声》《马驹》《野生涯》等随笔散文类作品。教学科研成果曾先后获国家优秀教学成果奖二等奖、全国高等学校科学研究(人文社科)优秀成果奖二等奖等。

野生涯

文事与文心的当下省思

李浩 著

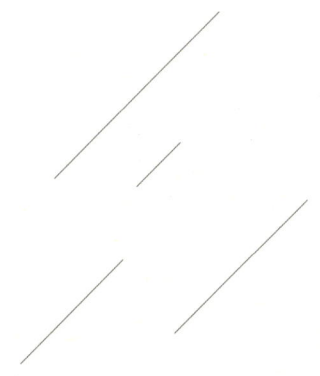

陕西师范大学出版总社

图书代号：WX20N1986

图书在版编目（CIP）数据

野生涯 / 李浩著. —西安：陕西师范大学出版总社有限公司，2021.1
ISBN 978-7-5695-1861-0

Ⅰ.①野… Ⅱ.①李… Ⅲ.①随笔—作品集—中国—当代 Ⅳ.①I267.1

中国版本图书馆CIP数据核字（2020）第176483号

野生涯
YE SHENG YA

李　浩　著

选题策划	刘东风　郭永新
责任编辑	张　佩
责任校对	舒　敏
封面设计	蒋宏工作室
出版发行	陕西师范大学出版总社
	（西安市长安南路199号　邮编710062）
网　　址	http://www.snupg.com
印　　刷	陕西龙山海天艺术印务有限公司
开　　本	880mm×1230mm　1/32
印　　张	8.125
插　　页	4
字　　数	170千
版　　次	2021年1月第1版
印　　次	2021年1月第1次印刷
书　　号	ISBN 978-7-5695-1861-0
定　　价	49.00元

读者购书、书店添货或发现印刷装订问题，请与本公司营销部联系、调换。
电话：（029）85307864　85303629　传真：（029）85303879

自　　序

这是我的第四部随笔杂感集。

与前面的几册稍有不同，这一册的写作时间拖得更长，主要是由于我个人的工作重点有所转移。我把主要精力用于学校的教学科研，心无旁骛，没有时间写这些软性的文字，更没有想急着把它结集出版。骨子里还是觉得这些文字太脆弱，太感性，一些普及类的文章，专业的同行不看也罢，专业以外的大众看了也不会有什么作用。我不断唠叨的，不过是一些不言自明的常识而已。

但这几年目睹了公共领域中的一些乱象，特别是去年底由新冠肺炎疫情引发的全球公共卫生海啸，世界停摆，更多的人待在家里，互联网生存。我因焦虑疫情而每天坐在电脑桌前，关注互联网上的文字，无论是标题、引言、结构、叙述、修辞、判断、结论，都让我感叹不已，有时甚至惊诧莫名。虽然早就有人预警过，"此为一个常识稀缺的时代"（梁文道《常识》），但是纸上得来终觉浅，一直到最近，我才强烈地感到网络上常识空气的稀薄，这使我感觉到窒息。其实无论是科技史还是思想史，从过往的史实来验证，每个时代最尖端最超前的发明发现，能够进入后代常识的序列，就是最大的成功。处身今日，如我等教书匠，能够做的一是自己力所能及写点符合常识的文字，另一是尽量给自己的学生和年轻的朋友说道说道文章的常识。这主要是作为士人知识分子立身处世的常识，术业专攻的常识，阅读写作的常识，包括文法、文辞、文理、文义的常识，等等。

这种常识，就是古人所谓"天行有常，不为尧存，不为桀亡"（《荀子·天论》）的"有常"。汉语文献中用的更多的是"道"："道之大，原出于天。天不变，道亦不变。"（《汉书·董仲舒传》）反面的说法就是"道不同，不相为谋"（《论语·卫灵公》），用时下的话说：三观不同，干脆拉黑退群。当然"道"这个范畴很复杂，义项很多，涉及的相关领域更专门，这里不能展开。

那么如何获取常识呢？以我个人的浅见，应该特别重视以下几个途径。

首先是多读经典和原典。宋儒朱子云："半亩方塘一鉴开，天光云影共徘徊。问渠那得清如许？为有源头活水来。"（《观书有感》）说的就是通过涵泳体味经典，来找寻思想的源头活水。清末民初的王式通在《题岛田彦桢皕宋楼藏书源流考》其十中感慨："未窥旧籍谈新理，不读西书恃译编。亚椠欧铅同一映，千元百宋更憮然。"并且还自注说："侯官严几道先生每教人以浏览古书、熟精西文为研究新学之根柢。客冬晤先生于上海，语及近年国文之寖衰，科学之无实，太息不已。"严几道就是翻译《天演论》的严复。在今天人们视野中，王式通算不上当时最挺出的人物，他已经看到当时世风、学风、文风的流弊，世人不读旧籍，看不懂西文原典，对于"千元百宋"等珍稀版本的古籍更少关注，但仍敢于"谈新理"。此风当时渐盛，于今尤烈。环视周遭，群情激愤。吸引人的是高分贝的嗓门，稀缺的是科学和常识。如果全社会都饕餮互联网上的信息快餐，吸食各种选本、节本、缩略本、精华本、语录本上碎片化的警句、金句，置原典经典于不顾，全民族的学术安全会遇到危险，全社会的文化高度也会被大大拉低。

文学圈的朋友会不以为然，他们会说，人类的进步就是不断突破常识。这话也没错，但此"常识"非彼"常识"。人类可以突破认知的常识、专业的常识、艺术的常识，我下面也会述及；但又有伦理的底线、学理的边界和数理的极限。

我们通过多读原典，考镜源流，辨章学术，是可以对常识了然于胸的。自己慢慢明白起来，先做到自度，然后才有可能度人。

其次是通过探索和研究来获取新知，不断升级常识的版本。中国人守常，但对变化和获取新知并不排斥。《礼记·大学》引《盘》铭"苟日新，日日新，又日新"，关学开创者张载用形象的譬喻来表达这种认识和体悟过程："芭蕉心尽展新枝，新卷新心暗已随。愿学新心养新德，旋随新叶起新知。"在横渠先生看来，不光是"闻见之知"，就连"德性之知"也要不断地展新枝、学新心、养新德、起新知。美国学者库恩提出了一个以"范式"理论为中心的科学发展模式：前科学时期——常规科学——反常与危机——科学革命——新的常规科学（《科学革命的结构》）。当然，无论是知识领域的探索，还是精神领域的追问，首先应该具有"独立之精神，自由之思想"，这也是中西的通识，或说常识，没有这样的前提还标举探索研究，一流创新，无论是个体还是团队，或者其他的学术共同体，统统免谈。

再次是恪守数理逻辑，特别是数理实验。柏拉图曾叫人在他创立的世界名校学园的门口立了一块牌子："不懂数学者，不得入内"，数学又作几何，表明他对这门学科的极端重视。几何、算术都是数学的一部分，这句话的引申意思是，要成为有修养的、有文化的人，必须懂得数学。当时雅典的自由民子弟都要学习算术、几何、天文学、和声学等四门功课。这四门功课后来成为欧洲博雅教育中的四艺（quadrivium），与文法、逻辑、修辞组成的文科三艺（trivium）合称自由七艺（seven liberal arts），是中世纪以来大学基础教育的主要科目。无独有偶，中国古代也以礼、乐、射、御、书、数等六科为六艺。我在本书中还引用了日本现代教育家小原国芳以他的新六艺补益西方古典博雅教育思想，倡导全人教育的理念："学问的理想在于真，道德的理想在于善，艺术的理想在于美，宗教的理想在于圣，身体的理想在于健，生活的理想在于富。"他将学问、道德、艺术、宗教、身体、生活的真、善、美、圣、健、富比作大波斯菊花的六个花瓣，每个花瓣代表全人的一个方面，六者和谐发展，缺一不可。他认为"这六个方面的文化价值就像秋天庭院里盛开的大波斯菊花一样,希望和谐地生长",是一个健全的人必须具备的。

再回到话题中的几何。徐光启与利玛窦合作译出了欧几里得几何的前6卷,保留至今的以"几何"一词对译geometry,就是由徐光启确定的。他还在《几何原本杂议》中说:"此书为益,能令学理者祛其浮气,练其精心;学事者资其定法,发其巧思,故举世无一人不当学。"他还说,"窃意百年之后,必人人习之,即又以为习之晚也"。法国科学院常任秘书丰丹涅尔也说:"几何学精神并不只是与几何学结缘,它也可以脱离几何学而转移到别的知识方面去。一部道德的或者政治学的或者批评的著作,别的条件全都一样,如果能按照几何学者的风格来写,就会写得好些。"几何学、数学对于从事理工者是一个专门的工具,对于人文学者和大众,其实就是一种最基本的科学精神和逻辑方法。

可惜我们读到时下不少报刊文章、网络文章,不讲逻辑,不讲事理,更不讲数理,让人不忍卒读。如果是个别现象,还可以讨论、商榷、指瑕;如果比比皆是,那你连一点脾气都没有了。在这种情势下,传说基础教育的教材中还要删掉逻辑的板块,夫复何言?夫复何言?

假如说在前现代社会,因文化专制、教育不普及,常识稀缺尚可以理解,但在今天文化下行、知识唾手可得的大数据时代,再拿常识稀缺说事,大众未必信服。但如果各位看官还记得魏则西的事件,以及当下仍在纷争的转基因食品话题、医患关系话题、制造业的原创与山寨话题，舆情汹涌，歧见纷呈，就会发现呼唤常识并不是杞人忧天，普及常识有必要从当下的一点一滴做起。道阻行且长，我们还是慢慢来吧，弯道是不准超车的，变轨超车的说法也不能成立。交通规则是一种专门的游戏规则，它与拳击规则、贸易规则、学术规则类似，都是一种普世的常识。

　　按理说，我也马齿渐长，不该激动，更不该情绪化。可能是教师的职业病又犯了，引经据典，絮絮叨叨，无补于事，徒惹人厌。就此打住吧。我将这几年思考文事与文心常识的文字编辑一过，凑成这册小书，希望能引起读者朋友阅读的兴趣和讨论。

2020 年 4 月 9 日于西安居安路寓所

目　录

乱翻书…

不废江河万古流：杜甫诗歌的当代意义　/　003

试上高峰窥皓月　/　011

九尺高台起垒土　/　029

从扶桑看长安　/　032

唐文经典化的新诠释　/　037

"采铜于山"与"眼处心生"　/　045

地气、风气与真气　/　050

突破四个"隔离"　/　055

穆涛的风气　/　058

谁是诗中疏凿手？　/　062

《钵钵山诗文集》阅读心得　/　071

精神自驾游：《京兆集》读后　/　080

《高晶华词集》序　/　084

《唐代礼制文化与文学》序　/　088

《朱熹〈楚辞集注〉研究》序 / 091

《唐代京兆韦氏家族与文学研究》序 / 094

《乐府杂录校注》序 / 097

《生态文化视野下的唐代长安佛寺植物》序 / 101

《唐代教育与文学》序 / 105

《阅遍陕北都是歌》序 / 109

《趣讲汉语》序 / 112

正脉:《尊师重教》前言 / 115

究人冥天之际 / 119

教坛边…

大雅:传统文化视域中的高等教育资源 / 145

经典阅读四题 / 166

大数据时代,我们如何教中文? / 178

评论家的两味药:学理化与诗意化 / 187

一书、一师与一学科 / 195

文艺何以"高峰" / 200

业余的姿态 / 203

绛帐与马融 / 207

指缝沙⋯ 寂静好读书 　/　213

　　　　　鸿　迹　/　217

　　　　　迟到的追思　/　223

　　　　　琐忆交大　/　226

　　　　　最后一次拜年　/　233

　　　　　三张华　/　238

　　　　　课读忆往　/　241

后　记　/　245

乱翻书

不废江河万古流：杜甫诗歌的当代意义

2014年或将会在杜诗学史上留下浓重的一笔。首先，由萧涤非先生任主编、山东大学等全国多所高校学者参与的重大工程——《杜甫全集校注》杀青问世。历时三十六年的学术接力赛，几代学人劳心劳力，黾勉从事，终于大功告成，引发人们把目光投向这些年有些沉寂的"诗中圣哲"。其次，由清华大学谢思炜教授以个人之力独自完成的《杜甫集校注》，也即将由上海古籍出版社出版。该书的特色与学术价值，思炜教授也有简要介绍（参见谢思炜《关于〈杜甫集校注〉的编纂》）。京沪两地，一南一北，分别推出两部杜诗研究的扛鼎之作，会引起读书界的高度关注和浓厚兴趣。另外，日本京都大学兴膳宏教授近年组织读杜会，有志将吉川幸次郎先生中辍的《杜甫诗注》全书完成。由下定雅弘、松原朗等教授共同承担的杜诗全译工程，预计将于2016年出版（下定雅弘、松原朗编《杜甫全诗译注》，讲谈社2016年陆续出版）。

围绕着《杜甫集》这部皇皇巨著的海内外研究、整理、翻译、出版，在时间节点上并非专门策划，但不期而遇，适逢文化知识界重新关注优秀传统文化的大背景，于是一部古典文献整理研究的学术消息，题里题外都透露出更大的意味，促使人们从更深广的角度做一些思考。

一、递相祖述复先谁：杜诗研究在当代

包括大学在内的现代学术共同体，在我国出现较晚，不过100多年历史。杜甫研究走向现代，是与现代学术机构的设立同步向前的。民国时期大学的课程设置，研究院所的研究课题，以及报纸期刊上发表的文章，与杜甫研究有关者不少。最著名的研究者要推梁启超、闻一多、傅东华、汪静之、谢一苇、王亚平等。由洪业等编、哈佛燕京学社引得编纂处出版的《杜诗引得》，迄今仍被人们摆在图书馆的书架上；而梁启超的《情圣杜甫》是民国时期高引用率的杜诗研究成果之一。我的学生赵耀峰的博士论文《民国时期的唐诗学研究》专设一节讨论民国时期的杜诗研究，对此有较详细的引录和叙述，可参读。

真正有组织有计划有团队进行杜诗研究，要到1949年以后。二十世纪五六十年代到"文革"十年，极"左"思潮干扰较多，正常的学术研究受到影响，杜甫研究也未能幸免，但在艰难中仍不断有新成果问世。如中华书局曾编辑过《杜甫研究论文集》多辑、《古典文学研究资料汇编·杜甫卷》（署名华文轩），冯至先生的《杜甫传》、萧涤非先生的《杜甫研究》、傅庚生先生的《杜甫诗论》、朱东润先生的《杜甫叙论》，都是这个时期出版的。郭沫若《李白与杜

甫》一书也是这一特殊时期催生的，书中虽然提出了不少有创见的新说，但在"文革"结束后受到学界特别是杜甫研究学者们持续的批评与质疑。1976年10月打倒"四人帮"，迎来科学文化的春天，杜甫研究才真正进入了兴盛时期。

首先是专业学术团体为杜诗研究提供了广阔的平台。中国唐代文学学会、中国杜甫研究会、四川省和河南省杜甫学会等学术团体为杜甫研究提供了空间，《唐代文学研究年鉴》《杜甫研究学刊》《唐代文学研究》《唐研究》等刊物则为相关成果的发表提供了阵地。

其次是出版机构对杜诗研究成果的刊布推动有力。在杜诗传播接受史上，宋代就有"千家注杜"之说，丰富的积淀，是产生新成果的重要基石。出版界先后推出《杜诗详注》《杜诗镜铨》《读杜心解》《杜臆》《钱注杜诗》《读杜诗说》《读杜劄记》《唱经堂杜诗解》等，或点校整理，或直接影印，为构筑杜诗研究学术谱系功不可没。当代杜甫研究的新成果数量甚丰，这篇小文挂一漏万根本无法胪列。所幸每年的《唐代文学研究年鉴》设有"杜甫研究"专栏，综述当年的成果，附录中还有当年杜甫研究的论著、论文目录的辑录，可参看。其中值得特别一提者，为陈贻焮的《杜甫评传》，用力甚勤。陈先生曾说他为杜甫献出了一只眼睛。台湾中山大学简锦松先生以唐诗现地研究著名，为撰著《杜甫夔州诗现地研究》实地考察、精密测量，把现代科技工具带到了杜诗研究领域。陈铁民、陈尚君、胡可先等利用考古与新出土文物订正传世文献。张忠纲主编《杜诗大辞典》，汇集杜甫研究相关成果。此外，程千帆、金启华、霍松林、黄永武、叶绮莲、万曼、聂石樵、叶嘉莹、韩成武、郑庆笃、莫砺锋、葛晓音、宋开玉、周采泉、葛景春、邓小军、刘明华、傅光、郝润华、康震、胡永杰等几代学者也均有杜甫研究的成果行世。

再次是国内及国际杜甫研究交流的频繁和常态化。改革开放以来，国门大开，国内学者出境和国外境外学者入境已大抵常态化，学术交流频繁。国际会议和学人互访，能使学术资讯及时传播，也能使学者站在学术前沿思考，为包括杜诗在内的优秀传统文化走出去，提供了正常通道。

还有，杜甫作品及相关研究成果的数据化。北京大学李铎教授已将包括杜诗在内的《全唐诗》数据化，可以单字检索，也可以自定相关主题进行检索。首都师范大学尹小林的《国学宝典》升级版，也包含杜甫研究的电子数据库。西北大学唐代文学研究室将刊布在《唐代文学研究》辑刊上的所有论文数据化，可以进行不同主题和关键词检索。

最后，20世纪70年代后期恢复高考招生，特别是建立研究生招生制度以来，每年都有不少毕业的硕博士，以杜甫研究为论文选题，其中的优秀者已成长为教学科研的中坚。如林继中《杜诗赵次公先后解辑校》、郝润华《〈钱注杜诗〉与诗史互证方法》、刘重喜《明末清初杜诗学研究》等。

二、怅望千秋一洒泪：杜诗阅读在当代

王兆鹏教授和他的研究团队在《唐诗排行榜》一书中发布了他

们借助各种选本的入选率和网络的链接率来统计不同作品在读者群中的关注度，其中以入选的前100首唐诗名篇作为重点考察对象，入选作品数量排名前三位的诗人是：杜甫，17首；王维，10首；李白，9首。

学界和大众对这一排行榜及具体方法见仁见智，但至少让我们从另一个侧面对唐代诗圣杜甫、诗佛王维、诗仙李白的影响有一个具体而微的了解。在入选的100首作品中杜诗约占六分之一弱的数量，以总量第一位居排行榜，这至少说明读者对杜诗关注度极高。

从传播接受角度来看，杜诗的阅读者大致可分为三个类型：普通读者、批评研究型专家、创作型专家。前一类型主要是大众的文化消费阅读，后两类型则是专业阅读。纵观包括杜诗阅读在内的经典阅读，有几个导向应该关注：

一是专业阅读与大众阅读应互相激励，双向馈赠。无论是研究型专家还是创作型专家，都应不断推出新成果，不断引导大众阅读。学界应开放相关的学术会议及学术期刊报纸，关注并吸收大众的意见；大众也应了解学术新知，追踪学术前沿，不满足于永远被戏说被普及被通俗。

二是浅读与深读、快读与慢读宜互相配合，由浅入深，由快返慢，走向经典阅读的纵深处，开拓出书香社会的新境界：少些功利，少些应试，少些运动，少些行政命令；多些兴趣，多些好奇心，多些持久性，多些民间自发，每有会意便欣然忘食。这是提升全民阅读素养的必由之路。

中唐时韩愈作《调张籍》述说自己阅读李杜诗的精微而深刻的感受:"伊我生其后,举颈遥相望。夜梦多见之,昼思反微茫。徒观斧凿痕,不瞩治水航。想当施手时,巨刃摩天扬。垠崖划崩豁,乾坤摆雷硠。"北宋爱国将领李纲谈他读杜诗的体会说:"时平读之,未见其工,迨亲更兵火丧乱之后,诵其辞如出乎其时,犁然有当于人心,然后知其语之妙也。"(《重校正杜子美集序》)南宋文天祥被俘入狱,作《集杜诗》200首,在《序》中说:"凡我意所欲言者,子美先为代言之。"古人敬畏经典、虔诚读杜的体会,值得今天阅读者学习效法。

二、万古云霄一羽毛:杜诗的当代价值

杜甫的十三世祖杜预,注《左传》,内容宏富,朝野称美,被称为"杜武库"。其实杜甫也可称为古典诗歌的"武库",他作品中的思想意义、文化资源、美学境界衣被百代,沾溉后人,不仅仅限于诗歌爱好者和专业学者,也不仅仅限于汉语文化圈的读者,早已成为优秀的世界文化遗产的一部分。对于杜诗的当代价值,学界已有不少成果,限于篇幅,本文仅简略强调如下几端:

一是"己溺己饥"的仁爱精神。《孟子·离娄下》:"禹思天下有溺者,由己溺之;稷思天下有饥者,由己饥之也。是以如是其急也。"杜甫一生"窃比稷与契"(《自京赴奉先县咏怀五百字》,以下简称《咏怀五百字》),他不仅仅是为获得一官半职,解决生计,而是要"致君尧舜上,再使风俗淳"(《奉赠韦左丞丈二十二韵》),所以他能"默思失业徒,因念远戍卒"(《咏怀五百字》),"安得广厦千万间,大庇天下寒士俱欢颜,风雨不动安如山。呜呼,何时眼前突兀见此屋,吾庐独破受冻死亦足!"(《茅屋为秋风所破歌》)这种悲天悯人的思想深度对后来的诗人兼政治家白居易、王安石等影响很大。但白居易也仅能做到推己及人,杜甫则能舍己为人,忘我利他。这种本土的思想资源在"充满精致的利己主义"(钱理群语)的当下,不啻为空谷足音,可以引领士人与国民走上向上一路。

二是"友于花鸟"的生态意识。杜甫《岳麓山道林二寺行》"一重一掩吾肺腑,山鸟山花吾友于",被后人视为"见道"之语,谓起伏的山峦犹如自己起伏的肺腑,山中的花鸟就是自己的朋辈兄弟。这与充满戾气、杀伐气的征服自然的论调相比,是更先进的一种文明意识。《江亭》:"水流心不竞,云在意俱迟。寂寂春将晚,欣欣物自私。"《后游》:"江山如有待,花柳更无私。野润烟光薄,沙暄日色迟。"杨伦解释说:"物自私,谓物各遂其性也。更无私,谓物同适其天也。"(《杜诗镜铨》卷八)"物自私"与"更无私",相反相成,与《礼记·中庸》"万物并育而不相害,道并行而不相悖"可以互相发挥。这种认识与现代生态学的原理暗合,故有学者谓中国人所推崇的既非"天人合一",也非"天人相争",更非"人定胜天",而是"天人共生"的理念(参见彭富春《论中国的智慧》)。我们在治理环境污染、抚平自然创伤、建设生态文明时,既要从现代文明国家汲取先进经验,又不要忘记从中国传统文明中获取思想资源。

三是"以时事入诗"的创作追求。明人胡震亨谓:"以时事入诗，自杜少陵始。"虽有不同的理解，但是众体兼备的杜甫，最大的创新恐怕在于既能借古题写时事，又能自立新题写时事，还能在纪行咏怀中述时事，在山水吟咏中饱含对时事的关切，故他的诗被誉为"诗史"，被赞为"子美集开新世界"。这个"新世界"就是他写入诗中的"时事"。前人已多指出，杜诗不仅可以证史，而且可以补史之不足，补史之亡佚，甚至可以纠史籍之错讹。多读杜甫诗，作家、学者可以重新构筑与现实时事的关系，不做鸵鸟，不做应声虫；大众亦可疗治文化失忆症与文化缺钙症。

清人黄生说："读唐诗，一读了然，再过亦无异解。惟读杜诗，屡进屡得。"（《杜诗说》）此语可自勉，又可与天下读杜者共勉。愿我们的当代文化在涵泳经典中，也能"屡进屡得"。

（原刊于《博览群书》2014年第12期）

试上高峰窥皓月

20世纪的绿皮火车已风驰电掣般驶过去了,时而硝烟弥漫,时而轰轰烈烈,时而暴风骤雨,时而阳光灿烂。列车在咣当咣当声中抛洒下的遗留物既不全是一地鸡毛,也不全是金屑银渣。需要清道夫打扫清理,盘点归类。这件工作很劳累很辛苦,也很琐屑很平凡,但这是下一班车出发前所必须做的一些基础工作。

我们通常喜欢将前一个时代留下的东西一律视作遗产,如果这个比喻能成立的话,那么想象一下,任何一个继承者都是一个富翁,既在物质上富裕起来了,也在精神上富有起来了,只要躺在祖先留下的这些遗产上不断地啃老、不断地挥霍就行了,何必还要创业创新呢?实际情形可能没有那么简单和直接。或许,前代留下的仅仅是个账单,但究竟是正资产还是负资产,是赤字书写的还是墨字书写,需要科学的资产审计后才能公布结果。

20世纪同时留给我们的一则遗训是,对于这笔数量巨大的遗产,既不能照单全收,也不能一把火全烧掉,而是要批判地继承,剔出其糟粕,吸收其精华。只是"批判"一语在20世纪频繁使用,词义复杂，且含有强势霸凌的意味，很容易产生误解。鲁迅在《拿来主义》一文中对此现象有过一段形象生动且经典的论述：

  他占有，挑选。看见鱼翅，并不就抛在路上以显其"平民化"，只要有养料，也和朋友们像萝卜白菜一样的吃掉，只不用它来宴大宾；看见鸦片，也不当众摔在茅厕里，以见其彻底革命，只送到药房里去，以供治病之用，却不弄"出售存膏，售完即止"的玄虚。只有烟枪和烟灯，虽然形式和印度，波斯，阿剌伯的烟具都不同，确可以算是一种国粹，倘使背着周游世界，一定会有人看，但我想，除了送一点进博物馆之外，其余的是大可以毁掉的了。还有一群姨太太，也大以请她们各自走散为是，要不然，"拿来主义"怕未免有些危机。

  总之，我们要拿来。我们要或使用，或存放，或毁灭。那么，主人是新主人，宅子也就会成为新宅子。然而首先要这人沉着，勇猛，有辨别，不自私。没有拿来的，人不能自成为新人，没有拿来的，文艺不能自成为新文艺。①

换一个稍微学理性、缜密性，也稍微中性一点的说法，应该是学理性的论衡，创造性的转化。这也曾是宋儒对他们那个时代所要面对的精神世界与知识谱系的基本态度：旧学商量，新知涵养。

---

① 本文最初发表于1934年6月7日《中华时报》副刊《动向》，后由作者编入《且介亭杂文》。

"青山依旧在,几度夕阳红。白发渔樵江渚上,惯看秋月春风。一壶浊酒喜相逢。古今多少事,都付笑谈中。"(杨慎《临江仙》)曾经亲历过20世纪的匆匆过客,在新世纪的开端,又面临着另一个首先要自己回答的问题:我们将给更年轻的朋友如何述说20世纪的学术?

一

了解历史并不是一件很容易的事,美国历史学家威尔·杜兰特就曾经提醒人们:"历史嘲笑一切试图强迫将其纳入理论范式和逻辑规范的举动;历史是对我们概括化的大反动,它打破了全部的规则;历史是个怪胎。"① 这种感叹可能同样适应于20世纪的中国史,包括20世纪古代文学研究史。

回顾并记录20世纪学术演生的成果并不算少,一类是学界中人的个人记述,如何炳棣《读史阅世六十年》、萧公权《问学谏往录》等;另一类是后学对前贤的记述,如汪荣祖《史家陈寅恪传》,陆键东《陈寅恪的最后二十年》,施议对《文学与神明:饶宗颐访谈录》,陈徒手《人有病 天知否:1949年后中国文坛纪实》等。还有文学类的记述,如钱锺书《围城》,鹿桥《未央歌》,杨沫《青春之歌》,齐邦媛《巨流河》,宗璞《野葫芦引》(包括《南渡记》《东藏记》《西征记》《北归记》四部小说),易社强《战争

---

① [美]威尔·杜兰特、[美]阿里尔·杜兰特:《历史的教训》,倪玉平、张闶译,四川人民出版社2014年版,第6页。

与革命中的西南联大》,岳南《李庄往事:抗战时期中国文化中心纪实》《南渡北归》等。其中前几种是文学类的叙述,带有一些虚构;后面的几种是纪实类的,特别是易社强、岳南的纪实作品,时间跨度长、涉及领域多、场面宏大、过程复杂,读后让人五味杂陈,无法简单言说。李怀宇《家国万里:访问旅美十二学人》,记述留美学人的踪影。陈平原《抗战烽火中的中国大学》、梅新林《战时学术地图中的古典文学研究高峰》等重在再现抗战时期古代文学研究的亮色。戴燕《文学史的权力》将文学史的编撰与话语权力联系起来。王锺陵《文学史新方法论》探讨文学史叙述的多种可能性。傅璇琮、蒋寅《中国古代文学通论》尝试汇通并归纳古代文学研究已有成果。董乃斌等的《中国文学史学史》《文学史学原理研究》则将文学史的叙述上升为一门独立的科学来规划和研究。张燕瑾、吕薇芬主编《20世纪中国文学研究》共10卷12分册,另配有《20世纪中国文学研究论文选》10卷,统一策划,卷帙浩繁,是较早梳理归纳20世纪古代文学研究的有分量的成果。

检视20世纪的古代文学研究,过程虽然复杂曲折,但细节也逐渐清晰起来。总体看来,出现了许多新的面相和新的趋向,若按我个人的初步粗浅归拢,大致有四个趋势:从对旧传统的全盘否定到对文学遗产的区别对待;从文学经典的树立到学术经典的出现;从旧范式的突破到新范式的形成;从一元方法的依赖到多元方法的尝试。下面做简单的说明和解释:

先说第一点，从对旧传统的全盘否定到对文学遗产的区别对待。"五四"新文化运动为了收到立竿见影的功效，开始时对传统文学的态度比较简单化，我们看陈独秀、李大钊、刘半农、傅斯年、胡适包括鲁迅等"五四"学人当时的论述，可以看出他们对旧传统的激烈态度。从当时的实际情况来看，对他们的言说环境、立论主旨以及文化斗争的叙述策略，应该给予"理解之同情"；但从今天的语境来看，能够很明显地看出他们言论的激烈和偏颇。整个知识界再次回归平和理性，对前现代的文学遗产能恢复常识认知，为了这一进步，我们几乎蹒跚地走了一百年。

再说第二点，从文学经典的树立到学术经典的出现。前一个"经典"是指传统的文献文本，经过现代文艺理论的甄别选择后，被确定为新经典，并被纳入从小学、中学到大学的国民教育体系中，被学习、传承和弘扬。新经典的范畴与传统经典的范畴，有交叉性，有承继性，但也有很大的差别。有的作品在旧经典范畴中，是作为经学的经籍，而在新范畴中，则是一般的文学作品。如《诗经》中的歌谣，《论语》《孟子》等中的语录体文章，《左传》中的叙事段落，过去都属于经和传，在旧的分类学上是属于经部的作品。在旧的体系中，词是诗余，曲是词余，与主流的诗文是不能等量齐观的。还有曾被看作是引车卖浆者之流的小说、戏曲，被看作与昆曲相对的"花部"作品等，旧时也绝不会登大雅之堂。而这些，20世纪以来，才被列入新经典的范畴中。这样看来，新经典要比旧经典的范围大得多,而且是开放的,"唐诗过后是宋词"①,开放的经典大门不断纳入当时被认为是通俗的流行的东西。

后一个"经典"则是指,对传统文本进行解读研究的文章、著作、讲义、教材,竟然在传播过程中也成了经典。引用、点击、评论、翻译、再版,对于文学研究爱好者,特别是在学校里专门从事文学研究的更年轻的入门者,这些文本也有模仿借鉴的意义。"现代学术经典精读"丛书定名为"现代学术经典",指的就是后一类经典,其所潜涵的价值和意义,从这一名称上也可以略窥一斑。易言之,20世纪以来,不光以现代文艺学的眼光确立了文学创作经典,也开始以现代学术的眼光遴选文学学术经典。从中国本土学术演化史来说,对此拈出来加以特别强调,并不过分。

再说第三点,从旧范式的突破到新范式的形成。传统的文学批评方式主要是诗话、词话和文话,再加上各种注释评笺,文章体的评论作品较少,著作类的评论作品更少。但随着现代学术机构特别是高等教育机构的建立,以及现代科研院所的设立,催生出了许多新体的著述形式,比如刊登于报纸和学术刊物上的论文,学术会议上的演讲词与学术报告,大、中、小学等教育机构中的讲义和教材,研究类大学的学士、硕士、博士学位论文和博士后出站报告。不光形式上与传统文类不一样,在学术理念、学术目的、学术要求、学术作用、学术规范上,也与前现代畛域不同。

海宁王国维倡"一代有一代之文学",这句话既包含一代有一代

---

① 葛兆光:《唐诗过后是宋词》,《读书》1994年第12期。

的文学创作,也暗含一代有一代的文学观念和文学研究。但20世纪的文学研究,其比较对象的设定,不是19世纪或18世纪,也不是清代或明代,而是整个前现代或古代。要建立的是古与今、新与旧的比较模板和框架。由于20世纪的政治制度、教育制度、学术制度整个是横向移植得多,纵向继承得少,这也就决定20世纪的学术研究理念与方法横向移植多于纵向继承,换言之,20世纪文学研究的范式与古代有很大的差别。虽然研究对象可能仍然是唐宋诗词,仍可能采用诗话、词话的形式,甚至仍用文言写成,但是王国维的《人间词话》与宋元以来的旧诗话是有差别的。而钱锺书的《谈艺录》与明人徐祯卿的同名作品有很大差别,他的《管锥编》也与顾炎武的《日知录》迥然不同。这个差别并不全在具体结论上,首先应该是研究理念和研究范式上的。

再说第四点,从一元方法的依赖到多元方法的尝试。这里所说的"方法",既指古人所用的诗文研究法,也指现代学者处理古代文学现象和材料所使用的观念与技术。前现代时期,文学的样式与文体分类很复杂,文学创作的方法也很丰富,但作为文学批评和文学研究的方法谈不上很多。20世纪以降,欧风美雨飘来,作为现代学术谱系重要组成部分的古代文学研究,方法也日渐丰富。如梅新林《战时学术地图中的古典文学研究高峰》一文引用同行的成果,并特别提及抗战时期古代文学研究学术价值与启示意义集中体现在知识结构、学术取向、研究方法与创新追求四个方面,这对我们认识此一时期研究方法的多样性和丰富性很有帮助:

三是研究方法。与本时期古典文学学者群体的多重身份相契合,他们在研究方法上也是致力于跨学科的多向交融。薛其林在《民国时期学术研究方法论》(湖南人民出版社2002年版)一书中归纳为四大方法,即融合中西的科学实证方法、融合中西的义理阐释方法、融合中西的马克思主义唯物辩证方法、融合中西的直觉体悟方法。其实还有一种重要的研究方法不能忽略,即融合中西的文化人类学研究方法,以顾颉刚、郑振铎、钱南扬、闻一多等为代表。以此参照抗战时期的古代文学研究方法,很少有学者单独运用某一方法,更多的是以上多种方法的交融与创新。值得重点关注的是,由于战时现实灾难的不断刺激,引自西方的社会学方法受到部分学者的重视,从刘大杰《中国文学史》引入法国丹纳的文学社会学批评理论与方法,到郭沫若、闻一多对屈原爱国精神的充分肯定和高度评价,以及对《楚辞》丰富的历史文化内容和巨大的思想价值的发掘,甚至如闻一多称誉屈原为"人民的诗人",都集中体现了由考据学到社会学批评的学术走向,而在方法论上更接近于融合中西的马克思主义唯物辩证法。①

尝试概括归纳古代文学研究方法的成果,在20世纪80年代后

---

① 梅新林:《战时学术地图中的古典文学研究高峰》,《文学遗产》2015年第5期。

逐渐多了起来，如杜松柏《国学治学方法》、周勋初《当代学术研究思辨》、王锺陵《文学史新方法论》、张伯伟《中国古代文学批评方法研究》、赵敏俐《文学研究方法论讲义》、赵益《古典研究方法导论》等。笔者为了教学需要，也曾主编《中国古代文学研究方法导论》，并在其中专列一章，讨论各种具体的研究方法，感到无论如何枚举，都有挂一漏万之憾，所以我们也只能以基于逻辑学、基于历史学、基于现代科技、基于哲学与美学、基于比较文化学、基于人类学与社会学、基于现代语言学、基于文艺学、基于传播学、基于音乐学[①]等等来简单提及。新的方法越来越多，从一元走向了多元。

二

对于这一百多年来的古代文学研究，也可以从以下三端梳理：

一是时间的视角。如大致可以分为鸦片战争后近代时期的古代文学研究、民国时期的古代文学研究、1949年以后的古代文学研究。民国时期又可细分为"五四"前后的古代文学研究、1927年至1937年十年时期的古代文学研究、抗战时期的古代文学研究。1949年以后也可细分为五六十年代的古代文学研究、"文革"十年的古代文学研究、新时期的古代文学研究、新世纪的古代文学研究等。

二是空间的视角。从大的空间上区分，有南方、北方之分。仅就抗战时期的研究而言，又有国统区、根据地和沦陷区的区

[①] 参见李浩主编《中国古代文学研究方法导论》（第二版）第八讲，高等教育出版社2013年版。

分。中华人民共和国成立后的研究也可分为大陆地区、港澳地区、台湾地区和海外的研究。

梅新林曾指出抗战时期的古典文学研究学术地图的一些特点，抗战爆发之前，全国学术地图的重心落在环东南沿海的东部区域，并以北平、上海、南京为三大中心而形成了东部学术"纵轴线"。抗战期间，东部大批教育科研机构陆续内迁，形成以重庆、昆明与汉中为三大中心的西部学术"纵轴线"。就时空变局的趋势与节点而论，大致可以划分为整体内迁、逐步恢复、走向复兴、胜利回归四个阶段。东西学术"纵轴线"的重心转移，直接影响了国统区与沦陷区学者群体的空间流布与人生抉择。[①] 梅新林的文章高屋建瓴，抗战时期的学术空间，确有内迁的主潮，形成所谓"文化三坝"（成都华西坝、重庆沙坪坝、汉中古路坝）的说法，但是在沦陷区的上海，包括在租界中，仍有学人坚持抗战，坚守学术。另外，抗战时期的香港也发挥了地理区位上的独特优势，学人弦歌不辍，教学科研仍在推进。1949年以后，台港澳还有古代文学研究的重镇，有特色的成果仍不断出现。这是我们进行学术空间叙述时，不应该忽略掉的一些闪光点。

三是逻辑的视角。如郭绍虞《中国文学批评史上之"神""气"说》、傅庚生《中国文学欣赏举隅》、刘大杰《中国古典文学中的现实主义问题》、董乃斌《中国文学史的演进：范式的视角》等。

---

① 梅新林：《战时学术地图中的古典文学研究高峰》，《文学遗产》2015年第5期。

与前面相呼应的，相关的研究成果也可以归纳为如下几类：

一是有关文学史的研究成果。这又可细分为通论文学史与断代文学史。前者如林传甲《中国文学史》、刘师培《中国中古文学史讲义》、吉川幸次郎《中国诗史》《中国文学史》、刘大杰《中国文学发展史》、周贻白《中国戏剧史》等。还有讨论断代文学的，唐圭璋《宋词纪事》、吉川幸次郎《宋诗概说》、赵景深《元明南戏考略》等。无论是通论通史类，还是断代研究的，数量都较大，成绩也较突出。这与前述现代高校教育体制与人才培养方案有关，无论公私大学，大多有国文系、中文系、文学院，其中的中国语言文学学科（汉语言文学专业），最基本的课程就是中国文学史，为了深化课程内容，研究性的著作或教学性的教材的编写如雨后春笋，应时而生。因了大陆的影响，台港澳及海外也有了编写并出版文学通史的热情，如近年台大出版中心将台静农《中国文学史》讲义编辑出版，上海古籍出版社很快引进推出大陆版。台大新生代学者欧丽娟教授主讲《中国文学史》的网络公开课，由喜马拉雅推出音频与视频，红遍大江南北。在三联书店组织翻译出版由孙康宜、宇文所安主编的《剑桥中国文学史》（可简称"北美本"）的同时，华东师范大学也陆续推出由顾彬主编的多卷分体本《中国文学史》（可简称"欧洲本"）。

二是有关作品文本的研究成果。如胡适《〈红楼梦〉考证》、郑振铎《〈西游记〉的演化》、游国恩《屈赋考源》、唐圭璋《两宋词人时代先后考》等。这类成果在古代文学研究中数量很大，兹不赘述。

三是有关文学关系的研究成果。如从中外文学的关系、古今文学的关系、汉族与少数民族文学的关系、文学与社会文化其他部类的关系、文学与其他学科的关系思考等等。如鲁迅《魏晋风度及文章与药及酒之关系》、王瑶《文人与酒》、钱锺书的《论中国诗与中国画》、程千帆《唐代进士行卷与文学》、傅璇琮《唐代科举与文学》、王勋成《唐代铨选与文学》等。

四是有关古代文学批评理论的。有关古代文学理论的研究，主要体现在诗话、词话、曲话、文话的点校整理，如郭绍虞《宋诗话辑佚》《沧浪诗话校释》《诗品集解·续诗品注》《杜甫戏为六绝句集解·元好问论诗三十首小笺》《宋诗话考》等，曹旭《诗品笺注》《诗品集注》《诗品研究》等。近年来大型的辑录集成也陆续出现，如王水照主编的《历代文话》。另一类就是文论范畴概念的梳理与义理分析，文论著作的理论研究，如对比兴、风骨、滋味、神韵、境界等语词概念的持续研究。如黄侃《〈文心雕龙〉札记》、郭绍虞《文学观念与其含义之变迁》、程千帆《古典诗歌描写与结构中的一与多》、王运熙《文心雕龙探索》等。还出现了十数部批评史、文论史著作，这种体式也是20世纪出现的。

三

中国现代文学学术史已经掀过色彩凝重的一页，系统全面地总结20世纪古典文学研究的经验教训，虽然有极其重要的学理价值，但这不是本文的重心所在。了解并认知20世纪古代文学研究在理念、范式、方法、风格、学派等方面的一些基本特点，才是编选这个选本的初衷之一。这样做的好处既是对学术思想史的初步梳理，同时也能为更年轻的一代学人，在新时期探索新的研究理路、摸索新的研究范式，提供一些启示。在我看来，至少可以说，20世纪的前贤们在如下几个方面给我们树立了标杆：

一是从材料出发，熟精原典。比起乾嘉诸老，20世纪上半叶出生的学人基本上接受的是新式学校教育，但他们与五〇、六〇以降"生在新中国，长在红旗下"一代相比，启蒙教育或家庭教育阶段，对传统文献和经典名篇都非常熟稔。虽然军阀混战、全面抗战、国共内战使得学校不能安置平静的书桌，但人文学科学人较少依赖实验室等物质条件，凭借着年轻时对原典熟悉的"童子功"，在艰难时期通过有限的资料照样可以做学问，在没有很多大楼的情况下，仍产生了一大批学术大师。在国际上为刚刚建立的中国现代大学，争得了体面，也为当代学术建立了典范，令迄今的后行者肃然起敬。

二是世界眼光，家国情怀。中国现代学术制度的建立，与19世纪末、20世纪初的"留学"运动有关。研究所的研究人员与大学的教授们，绝大多数有海外留学、访学的背景，对外国语言的纯熟运用，对学术前沿与风向的深入了解，使得他们能与国际学术同步。但因为20世纪中国国运的忧患深重，外敌的强权踩躏，又使得学人们的民族主义意识特别强烈，家国情怀特别深厚。这一特色不仅表现在他们的诗文创作中，也投射在他们的古代文学研究中。这一点仍深刻地影响着 21 世纪的古代文学研究。

三是疑古求实，科学考证。中国古代本来就有稽古考证的传统，清代乾嘉时期汉学复兴，校点、辑录、考证、整理古代文献和古史疑案的风气又炽烈起来。近代以来，受西方实证主义的影响，此类研究非但没有减少，反而因新证据、新材料、新方法、新工具的鼓荡，新的成果也层出不穷。因其从材料出发，用事实说话，价值中立，故研究结论能超越当时具体的时政纷争，在长时段中为学界所关注。

四是拿来主义，六经注我。由于 20 世纪前半叶是现代学术的起步阶段，资料建设也刚刚同步开始，加之家国情怀深厚，所以这一时期的学术研究以抢救性、应急性、重点突破性居多，系统的全面的综合的工具型的数据库式研究还有待来日，如傅斯年写作《东北史纲》明确表示是从史学上阻击日本侵占东北的意图，是一种学术抗战和学术救国的表现。抗战时期，无论是教学还是研究，对于文学史上屈原、杜甫、陆游、辛弃疾等作家的作品致意颇多，对于唐代的边塞诗、宋代的抵抗诗词予以很高的评价，也都是基于学术救国的理念。无论是闻一多、宗白华的成果，还是陈寅恪、钱穆的著述，都包含着浓厚的人文性特色。

五是个人撰著，精工细作。20 世纪前半叶的人文科学研究，主要还是一种书斋式的研究，也可以说是一种小作坊式的学术生产，还不是一种学术计划体制下的大兵团作战。这种学术生产的特点是貌似散漫,计划性不强,论文和著作中保存着鲜明的个性色彩,能触摸到学者个人的体温,每篇论文和著作都打着学者个人和流派的烙印。我们今天读闻一多、陈寅恪、钱锺书、宗白华、朱光潜、林庚等的古代文学论著,仍能看出鲜明的个性色彩。

目前对20世纪学术的回顾盘点刚刚开始,虽然产生了不少成果,但感觉到处理个案的、断代的、单一文体的成果较多,而综合的、全面的、系统的、前瞻性的总结还比较少,能客观地学理性地指出20世纪学术研究不足的成果更少。有些大家关注少甚至一些有争议的问题,在这里稍作提点,以便能引起深入讨论和研究的注意力。

比如,因19世纪末20世纪初救亡急于启蒙的时代主题的影响,使得我们古代文学研究中也透射出这个主题的影子,过多关注历史时期有关救亡主题的作品,而忽略了我们民族文化中对启蒙的强调。

又比如,受社会达尔文主义及人本主义的影响,对弱肉强食、落后挨打以及人定胜天等理念的片面强调,遮蔽了古代文化中阐发天人合一、天人交胜、参赞化育的作品,特别是忽视了我们的文化和文学中其实有比较丰富的自然主义和生态主义的作品,本可以作为回应现代西方学术界某些思想理论的本土资源。

又比如,大家都承认中华民族是由多民族凝聚而成的,中华传统文学是多民族共同创作的,但目前的中国文学史研究和教学,大多局限于讨论汉民族的文学,而忽略了对少数民族文学成就的研究,也忽略了少数民族文学与汉民族文学交互影响的探讨。

此外，20世纪新文化运动与推广白话文运动互为表里，这样一来，从在古代找白话文作品的例证到要在古代文学中建立白话文的主体地位，这样就把文言边缘化，有些文言文体研究极少，能以旧体的诗词曲赋骈文写作的更少，而以旧体所写作品也无法进入现代文学研究的视野。又比如八股制艺文章，学术界批判的多，但它在文体学上有什么意义，究竟如何写作，数量究竟有多大，很多人不甚了了。长此以往，传统文学样式真的就变成了遗产，又会由遗产变成化石。

还有，海外汉文学研究是中国现代学术的一种延伸和辐射，但是我们的文学史教学和研究，长期忽略这方面的成果，有许多研究生论文综述学术进展、开列参考书对这方面也付之阙如，甚至一些国内的同行专家，对海外同行的研究也知之甚少。《中国古代文学研究经典精读》在选文时对海外汉学家吉川幸次郎、葛兰言、宫崎市定、青木正儿、小川环树、宇文所安、普实克，以及洪业、余英时、王德威等成果的提及，意在提醒年轻一代，古代文学研究也要大其视野，广其胸怀。

作为20世纪学术经典的开端，《中国古代文学研究经典精读》特意选了王国维先生的《唐宋大曲考》，同时在扩展阅读中又向读者推荐了《人间词话》《太史公行年考》等。作为编选者我们除了重视他的学术开拓外，也关注他学术之外的情思与见解。我比较喜欢引用他的《人间词》中的《浣溪沙》组词：

月底栖鸦当叶看,推窗跕跕堕枝间。霜高风定独凭栏。觅句心肝终复在,掩书涕泪苦无端。可怜衣带为谁宽。

山寺微茫背夕曛,鸟飞不到半山昏。上方孤磬定行云。试上高峰窥皓月,偶开天眼觑红尘。可怜身是眼中人。

单独欣赏,也是非常唯美和感伤的艺术精品,若能与他的《人间词话》中的相关论述对读:"诗人对宇宙人生,须入乎其内,又须出乎其外。入乎其内,故能写之;出乎其外,故能观之。入乎其内,故有生气;出乎其外,故有高致。""诗人必有轻视外物之意,故能以奴仆命风月;又必有重视外物之意,故能与花鸟共忧乐。"如果说前一首主要是"入乎其内"的重视与深情的话,那么后一首则主要表现"出乎其外"的超越与高致。跳出20世纪的纷扰与纠葛,今天我们似乎能一定程度上出乎其外,上高峰,窥皓月。这是一种超越的姿态,但王国维的深刻处在于,他戳破了我们的孤芳自赏,他也揭穿我们与传统的不可分离处:"可怜身是眼中人"。我们与我们的昨天是分不开的。新文化运动的主将胡适描述他创作新诗《尝试集》的心路历程时说:"我现在回头看我这五年来的诗,很像一个缠过脚后来放大了的妇人回头看他一年一年的放脚鞋样,虽然一年放大一年,年年的鞋样上总还带着缠脚时代的血腥气。"[①] 讲这话的胡适还算诚实,其实后来的文学与前一代文学永远剪不断理还乱。另一位新诗主将、民主斗士闻一多1925年在纽约写到《废旧诗六年矣。复理铅椠,纪以绝句》:

---

① 胡适:《尝试集·四版自序》,上海亚东图书馆1922年版,第2页。

>　　六载观摩傍九夷,吟成鶗鴂总猜疑(一作"吟成鸠舌总费疑")。唐贤读破三千纸,勒马回缰作旧诗。

闻一多在此时期还有《释疑》一诗,传达的也是类似的感受:

>　　艺国前途正杳茫,新陈代谢费扶将。城中戴髻高一尺,殿上垂裳有二王。求福岂堪争弃马,补牢端可救亡羊。神州不乏他山石,李杜光芒万丈长。

时光荏苒,我们又处在21世纪的前半叶,我们与20世纪"缠脚时代的血腥气"能脱开干系吗?

(本文是《中国古代文学研究经典精读》代前言,又刊于《读书》2017年第1期,收入本集时有改动)

九尺高台起垒土

"唐诗学书系"是我们唐诗学研究的立体工程,陈伯海先生用了一个很谦虚的词"基建工程",但是这个"基建"很重要,"基建"如果做不好,那高楼万丈最后就会变成豆腐渣工程,肯定要坍塌。这个"基建工程"好在什么地方呢?就是陈先生说的三部分,有目录学的编纂,有史料学的积累,还有理论的建构。这三个方面成鼎足状,形成唐诗学的立体工程,格局很大,但很稳健。高楼万丈平地起,后面的人可以在上面继续做,因为这个地基打得好。这是我的第一点感受。

第二点感受,这套书系给我们古代文学研究树立了一种新的范型。这个范型就像伯海先生刚才说的,把前辈学者陈寅恪"诗史互证"与闻一多"诗思交融"两个维度的东西结合起来,形成了这样一种范型。我觉得这样的范型对我们后来者也是有很大启发的。这是很大的空间,沿着这个空间,可以从广大出发,走向精微。

还有一点感受就是,这套书系不是短平快突击出来的,而是经过几十年的含辛茹苦。我反对在学术研究中搞"多、快、好、省",

"好"当然是要的，但是你做得多，做得快，做得不太用力气，萝卜多了不洗泥，要把它做好就很难。所以我觉得另外要提四个字，就是"少、慢、费、优"。做得少，做得慢，做得很费劲，才能够做优，做成精品。天底下哪有那么好的事儿，很轻松就把大的工程做好了？陈伯海先生主持的这个项目就做了几十年；前年我参加过人民文学出版社推出的《杜甫集校注》首发式，山东大学的那个工程也是做了几十年。人是大自然的一种生物，我们生产的精神产品也应该是生命体，生物要有一个自然的生长期。十月怀胎，一朝分娩。但十月后分娩下来的不是一个成熟的伟人，而是一团血肉，十岁以前还是小孩，十八岁时才血气方刚，人的生产如此，精神产品的生产也是如此，都是在缓慢的渐进的不断打磨的过程中，才可能形成精品，才可能形成特色。

最后，回应一下会议通知上所提及的"新方法新视野"，这个主题词应该怎么理解？大家可以见仁见智。我的理解是一种超方法超视野，或者说是一种多元的方法多维的视野，不必要也不应该局限于某一种或某几种方法和视野，其实陈伯海先生和他的团队已经给我们做出了示范。近十年来，在研究生培养过程中，我曾给硕士生开设过"古代文学研究方法导论"，给博士生开设过"文学研究的新思维"。硕士生的课程还根据讲义编成教材，由高教社出版。博士生的课程，因为是要给中文一级学科下的各专业开设，所以要兼顾到各个专业的情况。在讲了几届后，我不断遇到困惑，不断发现问题，不断调整讲授内容。我和大家困窘的出发点是一样的，即都想找到一种普适的、放之四海而皆准的方法论。现在的新困惑是，我感到新方法新视野，就是一种非方法非视野。巴金老人说文学的最高境界是无技巧；高行健写过一部书题目叫作《没有主义》，他认为文学的最高境界是没有任何主义。我理解好的文学研究包括古代文学研究，也应该是一种超方法超视野。这样说是否有道理，可能要听取大家的批评。

（在陈伯海主编"唐诗学书系"研讨会上的发言，刊于《学术研究》2016年第8期）

从扶桑看长安

记得三年前，老友松原朗教授将其新著《晚唐诗之摇篮：张籍·姚合·贾岛论》的书稿转我，嘱我推荐给西北大学出版社，希望唐诗故乡的中国学人能及时读到这部新著，并能给予全面的学术批评。我充分理解松原兄的诚挚愿望，彼时恰好我还在校内外的学术管理部门兼一点服务性的工作，也想给学校出版社多介绍一些好作品，于是怂恿松原兄把原来的计划稍微扩大，从翻译出版一位日本学者的一部作品，到集中推出一批日本学者的最新研究成果。开始时，松原兄和日方学者并没有迅速回应，这其中既有对西北大学出版社和西大唐代文史研究团队的估量，也有对翻译力量、经费筹措等问题的担心。我很能理解朋友们的忧虑，毕竟，从我们与专修大学等日方学术机构和友朋合作以来，这是最大的一个项目。

出乎意料，等项目确定后，松原及其相关作者表现出很高的学术热情和工作效率，他们自己和原书的日本出版方联系，主动放弃版权贸易中的版税，简化相关谈判手续，使得许多复杂的问题简单

化了。最后商定第一批推出的是以下八册著作:

《隋唐长安与东亚的比较都城史》(妹尾达彦著,郭雪妮、高兵兵、黄海静译)

《中国古代皇帝祭祀研究》(金子修一著,徐璐、张子如译)

《唐代军事财政与礼制》(丸桥充拓著,张桦译)

《唐代的民族、外交与墓志》(石见清裕著,王博译)

《杜甫农业诗研究:八世纪中国农事与生活之歌》(古川末喜著,董璐译)

《白居易研究:闲适的诗想》(埋田重夫著,王旭东译)

《晚唐诗之摇篮:张籍·姚合·贾岛论》(松原朗著,张渭涛译)

《唐代小说〈板桥三娘子〉考:东西方变驴、变马系列故事》(冈田充博著,张桦、独孤婵觉译)

用中国学人的分类标准来看,前四册是属于史学类的,后四册是属于文学类的,第二册严格意义上说又不完全属于断代类的研究。故我们最初将丛书的名称模糊地称作"唐代文史研究八人集",也暗含对文史兼容实际的承认。最后确定为现在的名称,是因为在申报陕西出版资金资助项目时使用了这个名称,故顺势以此命名。

依照松原先生的理解,他所选择并推荐给中国学界的是最能体现并代表当代日本学界富有日本特色的中国学研究成果。松原先生在与我的几次邮件沟通中反复强调这一点,体现了他和他的日本同行的执着与认真,这一层意思松原兄在序中表达得更准确。当然,符合他这一标准的绝不止这八部著作,应该还有一大批,我熟悉的日本学界的许多朋友的著作也没有列入。按照我的初始计划,我们会与松原兄持续合作,推荐并翻译更多的日本中国学研究成果。

我们学界现在也开始高喊中国话语、中国风格和中国流派的口号,看到日本同行已经捧出一系列能代表自己风格学派的成果,我们除了向他们表达学术敬意外,是否也应该省思自己的学术哲学和研究取向。毕竟,用自己的成果说话才是硬道理。

当下关于学术走出去的口号喊得很响,各方面的热情更高,而对境外学人相关研究成果的移译与介绍则稍显冷落。按照顾彬的解释,文学走出去相当于到别人家做客,主动权在他不在我;文学请进来,让友人宾至如归,则主动权在我不在他。我们能做的事,能做好的事,应尽量做充分做扎实做精深,才对得起头上三尺神明,对得起国家民族。方以学术史,法显求法译经,玄奘团队述译,严复不仅有译著《群己权界论》传世,更奠定信、达、雅的译事三原则。近代以来,中国重新走向开放,走向世界,实与大规模翻译、引进、介绍海外新思想、新理论、新学说密不可分。说"十月革命一声炮响,给我们送来了马克思主义",是一种谦逊客气的说法,其实是我们主动拥抱马克思主义,主动引进现代科学、翻译马克思主义原著和其他世界学术名著。这一文明交往的基本史实在当下不该被有意遗忘,无意误读。身处其间,以温故知新、继往开来为己任的当代学人,不知该说些什么?又该做些什么?

"海外中国研究书系·日本学人唐代文史研究八人集"丛书的翻译团队由两部分组成,一部分是由原书作者推荐的,另一部分是由出版社和高兵兵教授约请的。由于时间紧任务重,著者与译者分处境内外,天各一方,联系和对接未必都畅通,理解和翻译的错误在所难免,出版后恳请各方贤达不吝赐教,以便我们逐步完善。其中高兵兵教授此前曾组织翻译过两辑日本长安学研究丛书,有组织能力,也有较丰富的翻译实践。张渭涛博士既是译者,又身兼日方著者和中方出版者的信使,青鸟殷勤,旅途劳动,多次利用返乡的机会,做了大量的沟通工作。

按照葛兆光等的解释,长期以来,我们习惯于由朝贡体制形塑的认知模式,而忽略甚至漠视从周边看中华的视角,好在现在大家已经认识到通观与圆照方可认识事物,包括认识我们文化的重要性。这样,翻译并介绍周边受到汉文化深刻影响的国家地区的汉学研究成果,就有了三重意义:一是有助于我们深入了解周边地区的汉文化观,二是从传播和接受的角度勾画原典文化散布播迁的轨迹,三是丰富了相关专题研究的学术史。

当前,"一带一路"倡议正如火如荼,其中最富启示性的思想,我以为是"文明互鉴"理论,即各种文化宜互学互鉴。学术成果的翻译介绍,就是在两种文化之间架设桥梁,充当使者。自古以来,我们的民族认为，架桥铺路于承担者是一种救赎的苦行，但于接受者则是一件无量的功德。对于中外文化的互译也应作如是观。

（本文是"海外中国研究书系·日本学人唐代文史研究八人集"丛书总序）

唐文经典化的新诠释

在一般人的印象中，唐代是诗的国度，晚近王国维用"一代有一代之文学"的说法来区格历代艺文，闻一多更用"诗之唐"来突出唐诗在唐代文学中的成就。在他们看来，作为唐代文学名片的应是诗歌。这些感觉不无合理处，但稍有些绝对化。其实文在唐代并未缺席，且取得了几可与诗歌媲美的巨大成就。诗文之于唐世，如日月经天，如阴阳合抱，共同镶嵌出唐代文化天空的五彩斑斓。抛开唐文来研究、欣赏唐代文学，无异于丢弃了半壁江山而单单醉心于西湖歌舞，是一种偏安的享乐，也是一种主动的放弃，其对美的追求是残缺的。

一

当前流行的文学教科书或文章选本径直以古文或散文作为唐代文章的代名词。可以说，这样的称谓抓住了唐文的特质和特色。在追溯唐文演进的源头时，多直接采纳韩愈的意见追溯至三代两汉之文，并梳理出北朝至隋唐散文发展的脉络。这些都有助于一般读者建立起对唐文简明扼要的认知。但如果循名责实,唐文应与唐诗对举,是一个外延更宽泛的文章学概念。换言之,唐文是唐代文章的总称,而并非唐代散文或唐代古文的称谓。唐文既包括散体的文,也包括骈体的文;既包括单篇的文,也包括著作的文;既包括无韵之文,也不乏有韵之文。梁昭明太子萧统《文选》中分文为三十九类,分别是:赋、诗、骚、七、诏、册、令、教、策文、表、上书、启、弹事、笺、奏记、书、移、檄、难、对问、设论、辞、序、颂、赞、符命、史论、史述赞、论、连珠、箴、铭、诔、哀、碑文、墓志、行状、吊文、祭文。除了诗、骚、辞、铭等少数明显不能归入现代分类之文章外,大多都能归入文章类,但不一定是散文。

要言之,唐文不全是散文,也有骈体的文,有韵的文;唐文也不全是美文学类的作品,也有许多应用类的、典章制度类的、学理类的、史著类的,甚至无句读类的文①。执着于散文的理念或纯文学的观念来审视唐文,可能会忽略唐代文章形式之多样、内容之丰富、演变之复杂,将唐文的广大领域弃置于研究的范围之外,不一定是很恰当的。

毫无疑问,散文或古文是唐文中最有特色、最有光彩的部分,应大书特书。学界在这方面的著述很多,此不赘述。如前所说,古文绝不是唐文的全部。将唐文的源起追溯至先秦两汉、六经子史,应该说是找到了其中的一个源头,而波澜壮阔的唐文不是单源

---

① 参见郑樵《通志·艺文略》、姚鼐《古文辞类纂》、曾国藩《经史百家杂钞》、章太炎《国学概论》等对文章的分类。

的，它导源于先唐文化的崇山峻岭，有许多支脉汇聚于其中，最后才形成唐文的壮浪恣纵。其中最引人注目的一条支脉就是骈文。只不过在唐前骈散分流，两峰并峙，是两条并行不悖的轨迹。隋唐以来，骈散既互相矛盾斗争，又互相融合吸收，或由骈而散，或由散而骈，最后促成骈散的分而复合。故有学者敏锐指出："韩柳文实乃：寓骈于散，寓散于骈；方散方骈，方骈方散；即骈即散，即散即骈。"①

当苏东坡评韩愈"文起八代之衰"时，实际上也含有对他集八代之大成的肯定，而其中就包括他对骈体的批判继承与吸收改造。刘熙载把这层意思说透了："韩文起八代之衰，实集八代之成。盖唯善用古者能变古，以无所不包，故能无所不扫也。"②

文学批评史家注意到的唐文开始于隋末唐初对骈体的批判而又复归于古文衰落、骈文复兴，呈现出"复归式演进的形貌"③。从保留至今的骈文散文在唐文中所占比例，到各个历史时期骈散的此消彼长，相反相成，说明唐文的来源与构成是多元的，骈散是互融共生的，而不是简单的有你无我、你死我活。"文之有骈散，如树之有枝干"④，"六朝文无非骈体，但纵横开阖，一与散文同"⑤，"四六特拘对

---

① 顾随：《顾随：诗文丛论》（增订版），顾之京整理，天津人民出版社1997年版，第354页。
② 刘熙载：《艺概·文概》。
③ 袁行霈：《中国文学史》第二卷，高等教育出版社1999年版，第384页。
④ 刘开：《孟涂骈体文》卷二，《与王子卿太守论骈体书》，清道光六年姚氏檗山草堂刻本。
⑤ 孙星衍：《仪郑堂遗文序》引孔广森寄其甥朱沧湄书。

耳,其立意措词,贵浑融有味,与散文同"①。唐末散衰骈兴说明文体文风改革取得的是阶段性胜利,从文章演化史上看,骈散博弈、散体融合骈体并最后取代骈体还任重道远。

研究唐代文章还要注意不能以今日狭隘的纯文学观念套唐文的实际。我们看收入《全唐文》的作品,既包括今日纯文学美文学的内容,也包括子史的内容、应用文的内容、尺牍的内容。这些是我们今天容易忽略的部分,但从数量上说却是唐文中的大宗,也是唐人实际文化生活中的日用内容。

二

散体的古文与骈体的时文构成了唐文的两个主要部分。

散体文从理念上是复古的,但从文章形态上又是较朴素的、自然的、实用的。用古文表达,不仅有思想正统的理足气盛,同时有学习吸纳经史文字的便利。因早期的经史著作多为散体,故散体文与经史著作从文体文风文气上容易对接,而错落变化的句式和长短不拘的篇幅既贴近物理,也贴近人的唇吻声情,所以散体文既有经史的理念,又有素朴的作风,还有易于写实的便利。

比较而言,骈体是后起的,是人力刻意加工改造的,是作家爱美的天性、创造的欲望、想象的配置的成果。如果说散体是古典的理念,那么骈体就是新古典,追求的是华美、整齐的作风,是竭力在生活语言之外拓出一片新天地,构筑出一座具有建筑美、音乐美、

---

① 罗大经《鹤林玉露》卷六引周益公(周必大)语。

绘画美的语言大厦。

唐人的伟大之处不是对包括六朝文化在内的前代文化简单否定，彻底抛弃。恰恰相反，按照陈寅恪的理论，唐朝政治制度设计中的三源中就有梁、陈一源。唐代的近体诗创造性地吸收了六朝以来诗歌声律化的成果，达到了后世难以企及的高度。同样的，唐代的文章也吸收了六朝语言形式美特别是骈体化的很多成果，区别仅在于骈体文的吸收是直接的，而散体文的吸收则较间接。可惜学界对唐诗声律化给予充分肯定，但对唐文在语言形式美方面的继承却较少肯定。

三

有关唐文的发展过程，《新唐书·文艺传·序》中总结说："唐有天下三百年，文章无虑三变。高祖、太宗，大难始夷，沿江左余风，绮句绘章，揣合低昂，故王、杨为之伯。玄宗好经术，群臣稍厌雕琢，索理致，崇雅黜浮，气益雄浑，则燕、许擅其宗。是时，唐兴已百年，诸儒争自名家。大历、贞元间，美才辈出，擩哜道真，涵泳圣涯，于是韩愈倡之，柳宗元、李翱、皇甫湜和之，排逐百家，法度森严，抵轹晋魏，上轧汉周，唐之文完然为一王法，此其极也。若侍从酬奉则李峤、宋之问、沈佺期、王维，制册则常衮、杨炎、陆贽、权德舆、王仲舒、李德裕，言诗则杜甫、李白、元稹、白居易、刘禹锡，谲怪则李贺、杜牧、李商隐，皆卓然以所长为一世冠，其可尚已。"① 这段话总论唐代文学，但以勾勒文章演变为主，除最后两句外，其余都是就文章立说。除对晚唐五代文章未提及外，可以看作是关于唐代文章发展的大纲。但考虑到《新唐书》作者欧阳修、宋祁的文章学立场，也可以说这是古文家视野中的唐文梗概。类似的看法还很多，如姚铉《唐文粹序》也对"贞元、元和之间，词人咳唾，皆成珠玉"现象高调赞扬。

退一步说，就是站在古文家的立场上，唐文中的古文运动或文体文风改革运动也仅仅是"三变"中的一变，而不是唐文史的全部。

韩、柳是唐文的大家，但在初唐还有"王、杨、卢、骆"等，在盛唐还有"燕、许大手笔"，还有擅写册论的常衮、陆贽、李德裕等，一直到晚唐还有温庭筠、李商隐、段成式等的"三十六体"（一说"三才子体"），有愤世疾时的小品文家皮日休、陆龟蒙、罗隐等。所以阅读唐文除了充分肯定韩柳等大家的成就外，也还要注意一些中小作者的微弱声音。在声势浩大的唐文交响中，缺失了他们的声部，音乐就不浑厚，一些承转就突兀不接续。《唐文选》也注意到了这个问题，力求展示唐文发展的各个侧面。

四

唐文取得了很高的成就，但并没有也不可能解决文章发展史上的所有问题。以古文而言，虽有中唐时期的兴盛，但晚唐一度又衰微，下一次的中兴要到北宋前期才又出现。以骈文而言，宋代的

---

① 《新唐书》卷二〇一，第18册，中华书局1975年版，第5725—5726页。

四六文是接着晚唐的骈文的，明清的八股制艺从文体上说虽然仍是骈散结合，但没有继承骈散的优点，而是将骈散形式僵化为一个套子，将骈散充类至极，推到了一个格式化程序化的极端。

明代的前后七子仿效韩柳，再次祭起"文必秦汉"复古的大旗，只不过时移世易，除增添了一些新口号外，没有对文章发展产生更大的影响。但他们推出的"唐宋文章""唐宋古文八大家"等品牌，却客观上促进了唐文的广泛传播，不断经典化，也激发了后世在吸收唐文精神的同时，不断创新，开拓文章写作的新理想、新境界、新技法。

站在现代语体文、白话文一统天下的今日，回顾并总结包括唐文在内的古代文章所走过的道路、所取得的成就，对于今日之文体文风改革，也会产生智慧性贡献。新世纪以降，因数字技术进步引发的另一场书写革命，已对包括文言、书面语体文产生了极大冲击，由目前兴盛的电子书、有声书、微信、推特、脸书、油管等将会演变出哪些新文体、哪些新技法、哪些新表达，仍不可预见。我们拭目以待。

末了，简单说一下本次编注工作的缘起。人民文学出版社1987年曾出版过高文、何法周先生主编的《唐文选》（共二册），出版后产生了很好的效应。为适应时代变化，满足广大读者不断增长的需求，该社依新体例重新编辑一套《中国古典文学读本丛书·历代文选》，将其中的唐文部分委托我们重选重注。我们按照本套丛书的新体例，参考包括高、何先生选本在内的多种选本、注本，同时吸收了唐文研究的一些最新成果，完成了此项工作。具体分工如下：李芳民注释初、盛唐文（李世民文至萧颖士文）部分；阎琦注释除柳宗元文以外的中唐文（止于舒元舆文）部分；李浩提出选目、撰写前言初稿并注释中唐柳宗元文、晚唐令狐楚文以下部分。全部文稿最后由阎琦先生统一体例并酌加改定。

人民文学出版社的管士光总编、周绚隆副总编等都非常关心本书的编写进度。由于学校工作的特殊性，本书完稿的时间略有所延宕，感谢出版社各位先生及责编对我们的信任，也欢迎广大读者对本选本提出宝贵意见。

（本文是《唐文选》前言）

"采铜于山"与"眼处心生"

　　白阿莹的文学世界似乎有多个频道，他能在戏剧、散文、小说之间自由切换。我拜读过他的《俄罗斯日记》《饺子啊饺子》等散文集，也读过他的戏剧剧本《李白》。最近几年，他把自己对文物、大遗址、文化遗产思考的成果汇集起来，这里刊出的就是其中的一组。对于这组作品，评论似乎还不多，我有幸先睹，将自己的阅读心得写出来与大家分享。

　　顾炎武在与朋友书信中这样说："尝谓今人纂辑之书，正如今人之铸钱。古人采铜于山；今人则买旧钱，名之曰废铜，以充铸而已。所铸之钱既已粗恶，而又将古人传世之宝舂剉碎散，不存于后，岂不两失之乎？承问《日知录》又成几卷，盖期之以废铜。而某自别来一载，早夜诵读，反复寻究，仅得十余条，然庶几采山之铜也。"他作的《日知录》，"积三十余年"，计一千一百余条，平均每年也就三十余条。数量虽少，却是采山之铜，而不是买旧钱来"充铸"。因为强调第一手资料和学术原创，所以他的作品三百多年后仍为治文史者的案头必读书。

衡之于阿莹的作品，我以为他的文史散文写作最大的特点是"采铜于山"，而不是买旧钱废铜"充铸"。这几篇就是最好的例子。

《大雁之塔》避开一般游记散文以游踪为线索的俗套，而是以其思考的问题为线索。作者追随玄奘舍利的行迹，从玄奘在玉华宫圆寂被安葬在长安城东的白鹿原上，及至武宗灭佛时，有人就将玄奘舍利带到了南京报恩寺藏匿下来；到了抗战期间，日本人将玄奘舍利一分为三，散落到三个国家七间寺庙；直到 21 世纪初叶，寺庙住持才从南京把玄奘的顶骨舍利迎请回大慈恩寺。作者还进一步追问，为什么玄奘奠定了汉传唯识宗的基础，弟子窥基开创了唯识一宗，创造出让当时帝王服膺的三藏经典，却没能拢住普通百姓的心灵，也没能吸引他的弟子代代传承，仅仅传了四代香火就冷落了呢？这样的思考，那些上车睡觉、下车拍照、导游牵引观光、满足景点介绍的游客是不会产生的；而仅仅辗转参考别人成果和文章的写作者，也不会提出这样的问题。

一般历史散文和随笔仅仅提及乾陵上关于武则天的"无字碑"，而阿莹的《九嵕山之侧》不仅给我们补充介绍了魏徵的无字碑，并以此为主脑展开叙述，阐释历史人物保持清誉的不易，还触及对历史人物评价的复杂性。

但对于散文写作而言，采铜仅仅解决了材料问题，好的散文不是材料的堆砌，而是材料与感触的焊接熔铸。阿莹喜欢拿书画界说事，我也举一个与此相关的例子。元好问《论诗三十首》其十一："眼处心生句自神，暗中摸索总非真。 画图临出秦川景，亲到长安有几人？"

当然我和阿莹都是长安人，但让我们看阿莹走出碑林时的感触：

我从碑林出来看到拥挤在门口的游客，自然为古城存有碑林而骄傲了，以前多是学子进院观摩，现在大量游客纷至沓来，似乎人满为患了。但我注意到琳琅满目的珍宝均无防护任人抚摸，那些名碑若藏国外肯定会一碑一室的，而碑林一屋就放了十数尊。

所以，那国宝守护人激动地拉住我说，现在的展品只是院藏的三分之一，大量的碑刻还躺在仓房里，千年以来这些移来的展碑时有修缮，但当年立碑和倒扶补缀只是用碎石渣支稳，三合土填充，中间多是空的，没有一块展碑能达到普通楼房的抗震标准，稍有灾难袭来碑林人就紧张得坐卧不安。我想，用现代技术维护好老祖宗留下的珍贵宝藏，为碑林开辟一个永久安全的居所已经刻不容缓了。这些历经颠沛的千年遗存绝不能在我们手上再生遗憾了。

这是我们的责任，也是良心使然啊！

这种认知既是文学写作在场者的认知，更是一位文物管理者的职责和使命。我写不出来，许多散文作者也写不出来。《汉唐之桥》则更是让人看到高耸的高速铁路下面枕压着的历史心酸：

我想，完全可以围绕这处古桥建一个遗址公园的，竖起一尊毫无争议的丝绸之路起点的标志，用现代形象艺术再现汉唐的辉煌，必会使这座古城大放异彩的……然而，我突然看到有列火车慢慢地向我们开来，居然稳稳当当地停到了古桥的正前方。这真是一个绝妙的穿越，似乎古老的桥梁与现代的铁路握手了……天哪，这是哪路神仙的设计，竟然生吞活剥地把历史和现实嫁接起来，怪不得考古人一直没敢说这座大桥的长度，因为一条东西向的铁路正端端正正压在了古桥遗址上！

我顺着古桥遗址朝前走，果然走到了钢铁道轨旁，现代化的庞然大物无声地静卧在那里，让人不由得发出难耐的惊叹，当初勘察线路可以轻易发现二米之下的墩石的，为什么依然要毁掉古桥铺上新轨呢？稍稍偏北一点不就可以给子孙后代留下一处可以炫耀千年的遗迹了吗？

我于是想把遗憾记录下来，可手却在不停地颤抖……铁轨下枕压着的这些秘密，我不仅写不出来，干脆不知道。透过这些文字，我们能体察到一个文物大省的管理者的拳拳之情与深沉隐忧。

阿莹还曾提及陕西书画界一直流传石鲁与赵望云的一些故事，石、赵两家的后人也常为这些传闻困惑。阿莹没有简单地相信传说，而是反复跑到省档案馆，调阅查找这一时期两位老艺术家的全部卷宗和档案，向狄公审案一般，倾听各方陈述，全面研读，系统思考，不仅澄清历史是非，还原石、赵友谊的真况，梳理清楚长安画派发展中的一些主脉，并行成文章在美术界的权威刊物刊出。其文章引起多方面的热烈关注，也受到石、赵后人及学生们的肯定。

我不认为这就是阿莹散文写作的"中年变法",我更多地将此理解为因为叙述对象的特殊性,他做到了"既随物以宛转","亦与心而徘徊"(刘勰语),在工地上反复勘踏,思考尤多,感触深沉,摇曳而成这个系列。阿莹移形换步,让我们从一个新的视角聚焦那些锈迹背后的大历史。

(原刊于《美文》2018年第11期)

地气、风气与真气

——孟建国《城南诗草》序

建国会长新辑诗歌190多篇,付梓前嘱我读一下,我素以欣赏师友作品为人生一大乐事,先睹未刊稿本,自然很高兴,但建国会长还希望我能写几句话以为绍介,而且前面已有了中华诗词学会会长郑欣淼先生热情洋溢且有真知灼见的大序,这下就让我有些犯难了。这相当于给我竖起两个横栏,而每一个我都无法跨越。我本来就思维缓慢,创作淹迟,于是借故要认真学习原作,拖延了很久。

诗集分为家国恋情、物事动情、山水逸情、酬唱寄情四部分,贯穿着一个"情"字,故郑欣淼先生的大序就以《情到深处见真淳》为题,洋洋洒洒,但又说得很恰切。欣淼先生本身就是学者兼诗词名家,同时掌中华诗词学会管理之职,更重要的是,他也是秦人,故发而为文,能搔到痒处,也能说到深情处。我很认同欣淼先生对建国会长的评价。我读建国会长的大作,除了读到浓浓的家国山川之情、逆旅异域之情、天伦友谊之情外,还体会出一个"气"

字。四辑100多篇作品,无论古体近体,自由格律,文气氤氲,墨气淋漓。曹丕《典论·论文》中曾说:"文以气为主,气之清浊有体,不可力强而致。譬诸音乐,曲度虽均,节奏同检,至于引气不齐,巧拙有素,虽在父兄,不能以移子弟。"曹丕所谓"文气"更多的是指才情才气。宋代王应麟《诗地理考·序》中又说:"夫诗由人心生也。风土之音曰风,朝廷之音曰雅,郊庙之音曰颂,其生于心一也。人之心与天地山川流通,发于声,见于辞,莫不系水土之风,而属三光五岳之气。因诗以求其地之所在,稽风俗之薄厚,见政化之盛衰,感发善心而得性情之正,匪徒辨疆域云尔。"则更多地强调这种"气"与诗人作家所在的地理环境中的水土风气有关。

通读《诗情何处》全集,感到建国会长的新作既能接地气,又能染风气,还能存真气。下面就顺着这三端谈谈我的阅读感受。

先说接地气。建国会长从政几十年,但是作品中看到的不是官气、戾气,而是浓烈的乡土地气。这种地气细分起来又有两层,一是基层底层之气,二是乡土乡关之气。

白居易《与元九书》说:"文章合为时而著,歌诗合为事而作。"有感于事,有动于中,发之乎口,笔之于书,形诸舞咏,照烛三才,反复推敲,遂成佳制。此集或以古题写时事,或自拟题目成新篇,拈今陕西之地理风物、经济土产、风俗人情入诗,立新意,比今昔,以旧韵新声,抒现代情怀,别有一番韵味。作者从乡村走出,又在基层工作多年,身为公仆,心系民生,他服膺白香山"惟歌生民病"之说，以民生为重，凡所能及，莫不倾力为之。其《赴榆林路上》其一云："日月星霜绪万千，百端莫过民是天。衣食行住总费算，病有钱医最系牵。"其二云："民生自古事多艰，医改当为天下难。一路雪风照肝胆，系情百姓兴无前。"医改是改革开放三十多年来涉及面最广、难度最大的一项改革，陕北榆林神木先行一步，曾引起各方面关注，作者多次去考察。这应是这组诗的本事。作者在字里间透露出关切民生疾苦之情怀与历史责任感，不仅有管理者的工作责任，也深得古仁人君子之心。收入集中的作品虽分四辑，涉及中外各地，但最真挚最动情的还是写关中西府的系列，如《沁园春·梦凤翔》《宝鸡之恋》《望苏亭》《岐山怀古》《东湖柳》《太白山》等。令作者梦牵魂萦的，是他多年生活和工作的地方，乡愁最深处，也应是诗情最真处。

次说染风气。刘勰说："文变染乎世情，兴废系乎时序。"时代不同，诗人风貌亦有所不同。黄遵宪、梁启超等人发起"诗界革命"，提倡"我手写我口"，"我自有我之诗"，与时代形势相应，以时事时物入诗，强调新意境、新语句，诗体为之振起，诗风为之一变。此为文学发展之必然，亦为诗人力图创新之功绩。不仅文坛巨擘有此决心与愿望，普通文士亦如是，故文学之演进，非独为名家所推动，实为众多作者积土成山、积水成渊，共同努力之结果。

建国会长此集所选，以旧体诗为主，兼收词、散曲、新体诗，可见其兴趣之广，涉猎之博，才情之富。观其旧体诗，有古体、近体，又有四言、五言、六言、七言，可谓诸体皆备，足见其千里之志。

作诗当有才情、学识、生活、感悟。宋代诗论家严羽论诗重悟，其《沧浪诗话》中以为"诗有别材，非关书也；诗有别趣，非关理也"。但又强调，"非多读书多穷理则不能极其至"。细读集中旧体诗词，可知建国会长读书涉猎极广，而尤以秦地历史文化掌故为多。秦人自古有援笔著史之传统，以诗述史，咏史感怀，追念先哲，歌咏斯土，洵为风尚，此为陕军诗词之一大特色。集中如四言组诗《秦之歌》，五言长篇《长安怀古》等数诗，旁征博引，上下数千年历史人物与事迹，随手拈来，略无滞涩，此类咏史长篇，最见作者学识。

再说存真气。鲁迅先生谈作文秘诀时说："有真意，去粉饰，少做作，勿卖弄。"建国会长的作品，得自然之旨，不矫饰，不做作，语出自然，不为格律所束缚，不刻意经营，故斧凿痕迹较少。要之，皆真情流露，词旨显豁，晓畅明白，读来气韵贯通，意绪连绵，终不失其正。如《秋吟》一诗："撷取秋云制秋饼，嘱托秋月寄秋心。秋风秋水奏秋曲，秋雨秋声打秋桐。"《[中吕·山坡羊]观楼》："前年才起，今年拆去，高楼眼见尘烟里。叹匆忙，说迷离。管他什么田和地，非是我们家里的。盖，GDP；拆，GDP。"细细品味，这些作品构思新奇，意象鲜明，尤其是散曲《观楼》，对当下甚嚣尘上的GDP崇拜，毫不客气地斥责，堪称佳构。《哥里看雪》中写道："罪恶功劳风去散，滔天盖世雪弥踪。"说明作者的理性与灼见。《长安杂咏》其六："文人骨相却为官，误入江湖数十年。闹市幽兰亦可叹，莲花混水静自鲜。"题面是咏叹古人遭际，但又不乏自譬自况的意味。以上均能看出作者率直的一面。

守正创新，别开生面，为作者创作之追求，亦是对文化发展规律之体悟。读《秦腔改革沉思》其一可见一斑："出戏与出人，万端勿离宗。竞争原剧烈，情趣贵本真。百卉各尽美，美妍相共生。秦声味独异，莫使去魂灵。""宗""本真""魂灵"，均是强调其正、其根本，唯有守其正，原味不失，在此基础上加入时代因素与内容，方可推陈出新，焕发活力。

集中佳作颇多，短篇绝句如《长安杂咏》十首，均清新明丽，淡雅有味。律诗亦对仗工稳、结撰颇具匠心者，如《谒柳侯祠》诗颔、颈二联曰："恤民勤政多建树，重事清廉无扰忧。柳水青青照万古，华章郁郁诵千秋。"此类佳句尚有多处，读者只要细读全集，自当识之。

此集分为四辑，每辑均按年代先后编排，细细读之，可见作者苦心孤诣、渐臻佳境之过程与状态。"少壮工夫老始成"，信哉其言！

一代有一代之文学，一代也有一代之诗人。"江山代有才人出，各领风骚数百年。"当今吟坛，谁主沉浮？群雄逐鹿，各有所得。风雅之作，恰逢其时；彩霞满天，桑榆未晚。愿建国会长气韵沉雄，健笔凌云，再著不朽辞章。"天意君须会，人间要好诗"，也愿诗词界的陕军能与建国会长偕行，走向全国，走向世界，以更多雄深雅健的新诗好诗彰显陕西的文化自信。

突破四个"隔离"

来会上看了沈奇的简历介绍,以及会场展示的他的著作,洋洋洒洒三十多年走过来,现在的创作精神状态还很好,按照刚才杨老师的说法,还是青年学者、青年诗人。我有一个思路,前面几位老师也讲到了一些,我觉得沈奇真是一个值得研究的样本,对于这个样本的评论,如果说一定要有题目的话,我想到一个词,叫作"突破隔离":一是他试图突破古今之间的隔离,二是试图突破中西之间的隔离,三是力图突破创作与理论的隔离,四是突破日常生活与诗意哲思的隔离。

关于突破古今之隔,沈奇在多篇理论文章中提到"常"与"变"的问题,探究古典传统和现代意义之间的融会问题,这不是他的独创,但他有自己的独到见解。还有,当年新诗学界有一个关于"字思维"的讨论,沈奇也谈了一些独到的见解,尤其他提出"汲古润今"这个概念,很有启发。我在20世纪80年代时关注过当代诗歌评论,到90年代之后,就比较陌生了。在80年代那一段,有很多好的诗歌作品和诗学理论,确实很新,但也有为了强调自己的新,自己的先锋,过于强调和古典的隔离的问题。沈奇能考虑到"汲古润今",我觉得这个思路非常好。

过去新诗界大多对传统只想着隔离,或者说决裂,但也有另外一些材料引发我的关注,例如闻一多先生当年在美国读书时,就不停地写旧体诗,写了几十首,其中有一首很有标志,有"勒马回缰作旧诗"句,1925年在纽约写的。过去我们一直以为像闻一多这样的标志性人物,是只求新的,和传统是完全决裂的,但事实上他并没有忘怀传统。回到前面的话题,怎么审视现代诗歌,这对于我们这些比较年轻的学人来说,之前接受的东西有些片面,看到的东西也比较少,现在更多的材料展现出来后,发现"五四"时的学人们也不都是那么偏颇,他们有另外一面。沈奇先生力图突破中西之隔,专门有一组文章讨论中西的诗与思比较,对西方的文化传统包括诗歌传统坦然对待,汲取有价值的东西,再融会贯通到汉语新诗创作和理论研究中来,很难得。

再就是对创作和理论隔离的力图突破。有些同行评论说沈奇是创作和理论的两栖诗者,在我看来岂止是两栖,他一方面潜沉在诗歌创作的深水里,一方面在陆地上做观察搞评论,在学校里还要做文学教育和诗歌教育。我知道沈奇也是一位非常好的老师,我的同事、朋友,包括学生中,很多在这所学校工作,对沈奇在课堂上的激情洋溢有很多赞许,这都非常难得。洛夫评价沈奇的诗歌评论能做到当行出色,其实这种"当行出色"在他是多方面的,而且常有出奇之处。

最后说突破日常生活与诗意哲思的隔离，或者说试图打通。沈奇诗歌作品里的语言看上去比较平易，但读进去以后，会体会到他在日常生活里葆有一种哲思与禅意的追求。从他的代表性诗集《天生丽质》里我看到，和目前绝大多数诗歌创作有很大区别，追求一种典雅和哲思。在今天这样庸常的生活里，我们缺乏像沈奇这样，还在不断思考不断追求生活意义的状态，而且他还能把这种追求予以文本化和诗意化，很有特点。

末了我想提一点建议。沈奇在各个方面确实很有追求，刚才谢冕老师的评价我很赞同，说他是全视野，但我有一点不敢肯定，沈奇先生和在座的各位能否突破时代的"天花板"？首先是沈奇是否突破了时代的"天花板"？我注意到他在他的评论和创作中已经注意到这个问题，比如他提到体制外写作与写作的有效性这个比较敏感的话题，当然沈奇在这里用的不是突破，他用的是"修复"，我觉得他是在刻意使用。

是否有思维的"天花板"？这是近年来，我们在文化研究界、哲学理论界以及创意界都在讨论的问题：我们的时代是否有"天花板"？我们是否达到"天花板"的顶层？是否能突破这样的"天花板"？这个"天花板"，说到底，我觉得就是当下这个时代，商业化、公共化、模式化甚至思想的一致性和统一性，所共同构成的思维顶层，这样的"天花板"能否突破以及如何突破？我把这个我自己也做不到的问题在这里提出来，沈奇如果能就此再蹚出一条路的话，我会不断跟进，向他学习。

（原刊于《文艺争鸣》2017年第1期）

穆涛的风气

穆涛是个笨人。从1992年到陕西来，就一直吊在西安市文联这棵树上，不摇摆，不喊叫，就这样直直地吊着。市文联搬了多次家，《美文》编辑部搬了多次家，从最初逼仄的租赁房，到如今气派的写字楼，穆涛跟着编辑部走，嫁鸡随鸡嫁狗随狗，一副从一而终的模样，看不出他有什么主见。

穆涛也是个精人。从《长城》编辑部、《文论报》编辑部，再到《美文》编辑部；从打通了看各类稿子，到一门心思只编散文的稿子。几十年下来，表面上是剑走偏锋，实际上是熟而生巧，巧而成技，由技进乎道。得了道行的，即便土偶也能成精，野狐也能修禅，何况颖悟灵醒如穆涛者乎？

陕西的土地肥力厚重，养育出敦实硕壮的陕西文化人，不需要外出就食，更不需要托钵乞讨，老祖先留下的遗产，地上地下满当当的，躺在床上三辈子也吃不完，何必满世界跑来跑去，做饥寒交迫状呢？当然也有些不逐队随群的，比如这几年叶广芩搜尽植物打草稿，吴克敬搜尽群碑打草稿，杜爱民搜尽哲思打草稿，朱鸿踏遍遗址打草稿，而穆涛则是搜尽群书打草稿。

过去说作家只有深入到皇甫村与农民同吃同住同劳动，才算是有生活接地气，似有些偏狭。李白的"五岳寻仙不辞远"，杜甫的"山鸟山花吾友与"，石涛的"搜尽奇峰打草稿"，都是在深入生活接地气。穆涛这几年掀开历史的裙摆，蹲在故纸堆中，挥舞着"洛阳铲"，动手动脚找东西，也是另一种接地气。不过，他的兴趣不是古玩摊上捡漏，也不是排比宫闱秘事、权斗阳谋，他委实想透过重重迷障，找到遗失已久的那些本根性元素，为民族文化招魂起魄。

联系穆涛的新书《先前的风气》，这一点就凸现得更充分了。这一部新著，我是最早拿到赠书的，但不能说是读得最认真最深入的。我把它放在案头，与新拿到的曾彦修的《平生六记》、何兆武的《上学记》、刘绍铭的《冰心在玉壶》、陈徒手的《人有病天知否》放成一摞，像品茗一样，每天抓一撮，慢慢地品。有几个突出的技术在本书中反复不断地使用，甚至可以说其是构成所谓"穆涛体"的基本元素。

首先是解字说文的叙述方式。许慎《说文解字》是通过研究"文"（纹理），即偏旁部首、间架结构、形音义关系等，来阐释造字与用字的奥秘，那是语言学著作。《先前的风气》和穆涛的不少文章，则是通过解字释词来展开叙述引出议论的。这一手段用得很多，几乎俯拾皆是。

其次是援史入文的结构特点。与陕西作家相较，穆涛喜欢掉书袋，我说他擅长引史据典。请注意，我没有说他引经据典。一则"六经皆史",经书也是史书。再则他引的不少书,确实不能算是经书,有些是"牛溲马勃,败鼓之皮,俱收并蓄,待用无遗"(韩愈《进学解》),对这一切,穆涛都细大不捐。

再次是视点活动的观照方式。这一点在他的《给贾平凹的一封信》中有很详细的自我交代。他与平凹谈"预言感",谈规律,谈质疑,实际上是谈不同的文学观照角度。写贾平凹的一组文章都很耐读。我最喜欢《收藏》《千字文》《另一支笔》几篇,穆涛一口一个主编,但又不断开涮主编,得了好处的卖乖,损失的也有精神胜利法,有点相声逗和捧的意味。中国的山水诗山水画比较耐看,原因很多,其中之一,就是广泛采用活动视点,或者叫散点透视。我们都知道佛有千手观音,其实还有千眼观音、千身观音呢。柳宗元还不知足,与僧人朋友浩初上人开玩笑,竟然设想:"若为化得身千亿,散上峰头望故乡。"你想想,千亿个身子应有多少只手,有多少双眼睛,有多少个观照点,会形成多少种见识?

这几点构成了"穆涛体"的基本面相,也是《先前的风气》的基本技术。前两点一个笨人经过勤奋努力也可以接近,第三点就要靠悟性有慧根,不是仅仅靠刻苦能做到的。穆涛真正让人不可接近的、无法学到的是他点石成金的功夫,或者说他抟虚成实、捕风捉影,让我们看到镜中有花,水中有月。

古代的炼丹术是现代化学物理实验的前世,要用各种矿物质作原料来制作。产品是否能长生不老,还不好说。但它提出许多可能,提出许多假说,不仅给科学家以启发,还给文学家以丰富的想象，成了许多文学主题的原型。而穆涛则用语言文字为原料进行炼制。

这一回我们眼睁睁看到穆涛的手伸向了历史的幕布后面，吹了一口气，就变化出这么多灵性的东西，怎么变的还真说不清楚。下一回我们盯住他长满汗毛的魔（术师）之手，看究竟又要伸向何处，会幻化出什么鬼精鬼灵的东西。

谁是诗中疏凿手?

——《诗话美典的传释》序

林淑贞教授的新著《诗话美典的传释》编就,我有幸先睹为快。

我是近四十年海峡两岸学术交流的亲历者,也是实际受益者。很早就结识了罗联添、曾永义、何寄澎、叶国良、龚鹏程、廖美玉、吕正惠、简锦松、郑阿财、王明荪、宋德熹、杨儒宾、李纪祥、萧丽华、曹淑娟、王基伦、侯迺慧、林淑贞、李宝玲等几代师友。印象最深者,除老辈学者外,往来于两岸的研究唐代文学的学人中,大陆多男性学者,如傅璇琮、陈尚君、卢盛江、薛天纬、葛景春、尚永亮、蒋寅、罗时进、戴伟华、赵敏俐、左东岭、吴湘洲、钱志熙、杜晓勤等,台湾多女性学者,如方介、沈冬、廖美玉、萧丽华、曹淑娟、严纪华、蔡瑜、康韵梅、林淑贞、黄奕珍、欧丽娟、李宝玲等。当然,这个感性的看法也不能绝对,比如大陆的女性学者葛晓音、张明非、刘宁、杨晓霭、米彦青,台湾的男性学者廖肇亨、蒋秋华、王基伦等也都非常活跃。

2014年、2019年我先后在台中市的逢甲及中兴两校执教,与何寄澎、宋德熹、廖美玉、林淑贞、王明荪、黄东阳、李宝玲、李建纬诸位师友不时请益,过从甚多,对台湾古典文学研究界的了解也更加具体深入。

林淑贞教授的研究领域很广阔,在诗学研究、寓言研究、唐诗研究、词曲研究等方面,著述颇多,仅个人专著就有《中国咏物诗"托物言志"析论》(万卷楼图书有限公司,2002年)、《尚实与务虚:六朝志怪书写范式与意蕴》(里仁书局2010年)、《对跖与融摄:唐人生命情调与审美风尚》(台湾学生书局2016年)、《图像叙事与多元文本》(台湾学生书局2018年)等,足见涉及面之广阔,讨论问题之专深。

林淑贞曾引用加拿大学者诺思罗普·弗莱的观点说,艺术是"沉默的",而批评却是"讲话的",是以一种特殊的概念框架来论述文学[①]。其实,诗话也是一种"讲话"的类型,她对诗话美典的传释则是另一类"讲话"。我们可以透过她的文字,沿波讨源,涵泳商量,梳理这一传释的逻辑链条和历史过程。

首先,强调论诗者的生平际遇与时代关怀。讨论诗话者,多关注诗论者或诗话作者所讨论的作品及其作者的生平机遇,循着"知人论世"的灯光,我们仅仅照出诗人、诗作与时代,但是对持灯者的诗话作者仍然忽略,林淑贞教授则与此不同。如她指出,林昌彝

---

① [加]诺思罗普·弗莱:《批评的剖析》,陈慧、袁宪军、吴伟仁译,百花文艺出版社2002年版。

《射鹰楼诗话》与传统诗话不同，前二卷以诗话存录当时鸦片战争文士所留下的诗歌，并借诗话来对当时英国占据中国五口通商的霸权表示扞拒，深具时代关怀与历史意识，迥异一般"论诗及事"及"论诗及辞"的诗话。

她还具体解释林昌彝何以用"射鹰"来名其诗话：盖晚清之际，英国入侵，如鹰隼之暴戾，故林昌彝思援弓射之，故名为"射鹰"，意即"射英"之意。《射鹰楼诗话》卷一云："余家有书屋，东北其户，屋有楼，楼对乌石山积翠寺，寺为饥鹰所穴。余目击心伤，思操强弓毒矢以射之。又恐镞镞虚发，惟有张我弓而挟我矢而已。遂绘《射鹰驱狼图》以见志，故名所居之楼曰：'射鹰楼'。"另外在《海天琴思录》亦云："余建射鹰楼，楼悬长帧《射鹰驱狼图》，友人题咏甚夥。楼对乌石山，山为英逆之窟穴。余于楼头悬楹帖云：'楼对乌石，半兽蹄鸟迹；图披虎旅，操毒矢强弓。'见者皆以为真切。"由此得出，《射鹰楼诗话》是一部具有深切时代感的著作，论诗者不光以诗证史，而且努力践行以诗话证史。

尤为难能可贵的是，林教授的研究和论证，不是简单的非此即彼的判断，还深具一种"了解之同情"，她指出：

> 林昌彝对于外人的认知程度缺乏了解，以至产生错误的见解，对于天主教传入中国，在其眼中是"诱掖愚民""荒唐纰缪"的事，当时人也有类似意见，昌彝内弟周瀍暹曾写诗曰："太息耶稣妄说天，毁儒讪佛谤神仙。世无原道昌黎子，谁挽狂澜障百川！"这种想法是根据中国

本位主义的理解而产生的,又主张西学源出中国说,理论虽浅薄,但却具有时代意义,反映出中西文化接触时中国人的心理反应,仍是以天朝自居的观念来看待。

这种认识与人云亦云、无原则地迁就古人,或居高临下地鞭笞挞伐古人都不同。特别是在一百年后,我们又面临着一个新的契机:如何看待自己,如何重新看待世界、重新认识西方。可以看出淑贞教授温婉的言辞背后,既有一种体贴,也透露出一种智慧,对当下汹涌澎湃的民粹主义舆情,也是一种清醒的针砭。

林教授还进一步指出,世人多谈以诗证史,其实还有以诗话纪史和诗话证史者,如宋朝朋九万《乌台诗案》、清朝张鉴《眉山诗案广证》,林昌彝《射鹰楼诗话》也是以诗话的形态记录晚清鸦片战争之际知识分子对此一事件的看法,后来梁启超《饮冰室诗话》讨论诗界革命,同属这一类。淑贞教授担心此书读者耽于书中细致深微的论述,故特别在书的结论中再次标举"诗话作者生平际遇与时代关怀",反复致意,念兹在兹,所以我们读此书也不要辜负了作者的这番苦心。海宁王国维倡"一代有一代之文学",其实这"一代之文学",不应理解为仅仅指美文学的创作,也应包括诗话在内的文学研究。

其次,重视论诗者的师资传承、学术源流。陈寅恪《论韩愈》:"华夏学术最重传授渊源,盖非此不足以征信于人,观两汉经学传授之记载,即可知也。"[1] 在我的印象中,讨论汉宋学术,追溯学术渊

---

[1] 陈寅恪:《陈寅恪集·金明馆丛稿初编》,生活·读书·新知三联书店2001年版,第319页。

源,辩章考证,是基本路径。一般认为,禅宗注重传授体系的建立,影响了中土风气;宋代江西诗派的建立,又是受到宋学和禅宗的影响。现代学术院所和现代大学等学术共同体,通过课程、课题、教材、刊物、团队、结社等形成学术流派,是比较严格意义上的师资传承和学术传布。

对诗话的研究,一般重点都放在其学术范畴、学术观点以及对所评点作品的艺术鉴赏。林教授考察诗话,比较自觉地注意梳理传授渊源。在《"选诗定篇"与"论述存说":沈德潜建构诗学史观双轨并进之策略及其意义》一文中,作者考察沈德潜师友弟子之间的承继,通过叶燮诗论传承图(见下图),将叶燮、薛雪及沈德潜,与王昶、王鸣盛、钱大昕等人的学术传承关系梳理清楚。

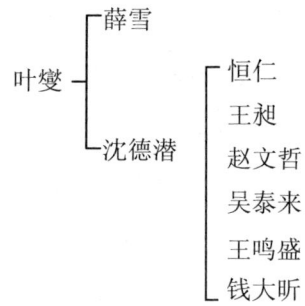

此外,在讨论钟嵘、朱熹等都注意从传授渊源角度进行梳理,在讨论梁启超时也特意提及《饮冰室诗话》《石遗室诗话》存录师友诗歌的苦心孤诣。

其三,不仅注重诗话内容的新创,而且关注形式的追求和努力。换言之,不仅注重诗话的学术内容的新创,同时注重诗话的文章形式、结构模式、语言形式、风格形式等方面的努力和追求。

按照淑贞教授的解释，诗话形态可以分为表层结构及深层结构二种。她还引蔡镇楚的定义，指出所谓表层结构"属于狭义诗话阶段上的结构体式。其基本形态是诗性与故事性的有机结合体……就是'论诗及事'"。①所谓深层结构，亦即"属于广义诗话的结构形态。……是章学诚所说的'论诗及事'与'论诗及辞'的二合为一"，诗话形态的深层结构就是诗话的诗歌理论形态。②

蔡氏所谓深层结构指有关"诗言志""缘情说""感物说"等诗学理论，亦即牵涉诗歌的理论部分。她指出在林昌彝的诗话之中，有其论诗要旨，属深层结构，由此可知《射鹰楼诗话》既具表层之"论诗及事"发展出来的结合人事典故、事件而呈现的表层结构，又兼摄深层"论诗及辞"的深层结构。

她还关注诗话的结构方式。诗话的结构方式，依《诗话学》所分，有并列式、承递式、复合交叉式、总分式四种。所谓并列式是指诗话的内容是由一条一条不相干的诗论连缀而成的。承递式是指以时间的先后为序，把诗论对象作有关联性的时间纵向组合。复合交叉式是将诗论从时间、空间作交叉纵横的组合方式。总分式是指诗论具有论诗的主旨，能够多方面展开思维，以表现作者的诗学理论。③

---

① 蔡镇楚：《诗话学》，湖南教育出版社1990年版，第104页。
② 蔡镇楚：《诗话学》，湖南教育出版社1990年版，第105页。
③ 蔡镇楚：《诗话学》，湖南教育出版社1990年版，第113—115页。

淑贞教授还通过《射鹰楼诗话》的研究，概括其表述方式，可以分为下列几种：语录条目、摘句式批评与全诗摘录式批评、分辨诗体与诗类、结合他人诗论、比喻论诗或印象式批评。

她还结合刘熙载《诗概》的讨论指出，中国诗话以散式结构居大宗，而散式结构论述诗歌风格的方式约略可分为六大类别：议论、说理、叙述式，比较式，引用式，排比式，分类式，摘句式。从表述方式的内容取象而言，可分为具象、抽象、意象三种类型。依据表述风格的对象来看，可分为六种：诗歌风格、时代风格、诗家风格、体派风格、体裁风格、题材风格。

在《自然触目成佳句，云锦无劳更剪裁：朱子论诗要义厘析》一篇中，通过朱子论诗要义结构图直观地罗列出朱子论诗在形式和内容上的诸多努力。

通过以上引证可以约略看出，淑贞教授对诗话这一文类，不仅仅把它视作载道载理载史载事的工具，而且试图竭力还原诗话作为一种"文"的多重特性与内在肌理，这恐怕是她书名中拈出"美典"一词的一种隐意。可以看出，淑贞教授其实是要将一般人眼里的仅具学理意义的诗话这一文类，提升到"美典"的层次上，进而使其成为一种经典。当然，这可能是我个人的一厢情愿的误读，故点到为止。

其四，从诗话个案考索到诗学体系建构。本书的主体内容是对诗话这一独特文类的个案研究，从《诗品》、唐人诗话、朱子论诗、《草堂诗话》，到晚清近代的《诗概》《射鹰楼诗话》《饮冰室诗话》，洋洋洒洒，广搜旁捃，但又具体而微，专门深入，每篇都有具体目标，纵向开掘，壶中天地，别有境界。而作者在绪论中已经温馨提示，她的用意还不只是诗话个案的深入研究，她叮嘱读者要仰望星空，要更上层楼，"从诗话航向诗学之海"，或者准确地说，是航向诗学论述的海洋。请注意，淑贞教授说的是航向海洋，而不是远望海洋。

治古典文学者包括诗话研究者，满足于学术小作坊中岁月静好、孤芳自赏者夥矣，不畏潮汐洋流、疾风暴雨，胸怀航向海洋者还是太少。尤其是这一学术远足的倡议是由一位女性学者提出，慵懒如我者向她致意，愿意追随她参加这次航行，也愿她的远航不断有新发现、新收获传来。

本书重点虽然是对诗话学的一些点式研究、个案考索，但可以看出淑贞教授对这些点的选择颇为用心，既有诗话发轫期或早期的作品，又有中晚期的作品；既有严格意义的诗话，也有广义的诗话；既有深入的专题研究，也有对台湾诗学研究成果的综述。从写作的时间跨度来看，前后绵延了几十年，浸入了作者体温和时代风雨，与那些应命的急就章不同。当然，本书涉及的一些问题，也可以进一步展开讨论，如提及司空图《二十四诗品》，似应回应一下由陈尚君、汪永豪等提出的《二十四诗品》真伪问题。另外，淑贞教授提到航向诗学之海，可否能从比较诗话学以及诗话范畴的现代转化、中西诗学概念的互释等方面思考。我想，淑贞教授年富力强，在已经起航的诗学之旅中，一定会有更长远的思虑，也会有更宏大的述作问世。

宇文所安《追忆：中国古典文学中的往事再现》一书，通过羊祜、杜预、孟浩然、杜甫、皮日休等对岘首山的吟咏，形成了一个回忆空间的链条[1]。我曾将此链条续接到闻一多、宇文所安。其实，林淑贞教授对诗话美典的传释，又何尝不是一种追忆。虽然自然景观和文学的创作是"沉默的"，但传释是"说话的"。林淑贞与现代的诗话研究者郭绍虞、蔡镇楚、张寅朋等续接了这个追忆的传统，努力拓展汉语学术的意义空间。研究美典，不能缺失了这一传释的过程和历史的链条。

---

[1] 宇文所安：《追忆：中国古典文学中的往事再现》，郑学勤译，生活·读书·新知三联书店2004年版。

《钵钵山诗文集》阅读心得

许江先生是我四十多年前的老师。今年清明期间，老师将打印好的诗集稿带到西安，一定要我看一看，并写点文字。我说老师的大作，我愿意拜读学习，其他则不敢。

匆匆春去也，盛夏又袭来，厚重的诗集稿我还一个字没读。学期末清闲，但天气奇热，无处可逃暑，躲在书斋里，心稍微静下来，顿觉周边也凉爽了，此时正是读书天。于是把老师的诗集摊开，恭恭敬敬地读了几天。老师的作品勾起我许多少年往事，在看稿过程中，我的记忆之网也撒了出去，捕捞了不少韶光碎片，也引发了不少感慨。

一

我是1974年从靖边五七小学毕业上初中的。我们那届小学毕业生，一部分去靖中上初中了，还有一部分被编成两个班，留在五七小学读初中，当时叫"戴帽中学"，属新生事物，我们这一届就是第一批教改实验品。看到公布的名单后我还问过小学的老师，他们说留下的都是听话的好学生。那时年幼,听老师这么说就很开心,没有多想,蹦蹦跳跳地开始了初中生活。

许老师诗集中《同学聚会感赋》一首记录此事:

靖边县五七小学首届初中(1974.2—1976.1)二班同学聚会工作筹备两年之久,终于2013年8月15日在紫靖城酒店欢聚一堂。三十七年光阴白驹过隙,五十多位学子事业有成。余从1974年10月至1976年1月,任该班班主任兼语文老师。

一

三十七载师生缘,济济一堂兴空前。

小树成材枝叶茂,园丁垂暮诗情添。

欢言笑语忆往事,美酒佳肴话新篇。

踏遍青山风光好,历尽艰难若等闲。

二

八月相聚紫靖城,当年师生倍觉亲。

孺子全成创业汉,丫头都是掌门人。

兴家立户敢担当,敬老育新费苦辛。

我有一言期共勉:修身处世平常心。

老师的记忆比我还清晰准确。比如说那一届是春季入学,春季毕业。还有,许老师带的我们班是二班,王沛功老师带的是一班。许老师来之前,我们的语文老师是贾仲廉老师,贾老师之前应该是陈云霞老师吧。我的记忆也随着老师的诗活泛了起来。很多年前,几个靖边籍的男生曾在西安聚会,忆及当年五七小学读书时的女老师,陈云霞、余菊芳……有人说陈老师现在宝鸡工作,于是马上就约定周末下宝鸡看望陈老师。在酒酣耳热时敲定的事,让我很感动,但周末我并未能去。许老师诗里提及的这次聚会也是如此,靖边的同学曾电话通知我,但我那段时间身不由己,故并未参加聚会。不管是许老师的诗还是其他同学的介绍,都说那次活动很成功。

许老师1972年秋入榆林师范学习,1974年8月毕业,在黄蒿界中学工作两个多月,便调到五七小学任教,一来接的便是我们这个班。印象中许老师虽是年轻教师,但显得很老成,教学也很认真,一丝不苟。我们这个班原来由贾仲廉老师带,班风不错,所以没有给许老师惹许多麻烦。这个年级拢共两个班,相互之间即团结友爱,又对抗竞赛。两个班主任年轻气盛,所以两个班的同学也不甘示弱。那时候搞学工,在化学老师指导下我们自己拉回来石子,实习土法烧石灰,既学习了化学原理,又实践了化工生产。我们还野营拉练下乡,步行几十里到三岔渠,访贫问苦,帮助农民收秋。今天回想起来有些好玩,可当时是严肃认真地干的。每天都这样风风火火,忙忙碌碌,于是两年的初中时光也就一眨眼驶过了。

此时已是"文革"后期,处于边鄙之地的张家畔信息闭塞,我们年幼,老师们也很少与学生们讨论时政。只知道先是北京有个叫黄帅的女中学生反潮流,反对考试。后来又有辽宁铁岭的男知青张铁生因参加推荐上大学考试不会答题,交了白卷,在考场写了一封信，于是又引出工农兵如何上大学、管大学的许多争论。后来在课本上还看到一篇《考场上的反修斗争》的课文，说的是在苏联的中国留学生，看到国内的"文革"如火如荼，不甘落后，他们要把"反修防修"的战火烧到修正主义的老巢莫斯科，于是与苏联的教师和学校管理者发生了一系列的争执和冲突。

"四海翻腾云水怒，五洲震荡风雷激"（毛泽东）。我当时想，外面的世界那样热闹，我们的小县城却是这样安静。我们的五七小学和我们的二班，既没有产生邢燕子、侯隽这样的老知青，也没有产生张铁生、黄帅这样的新英雄。我存的是那个时代的流行看法，叫凌云意，叫峥嵘心。

看来姜还是老的辣，道行还是老师的深。许老师勉励学生的诗就超越了那个调调："我有一言期共勉：修身处世平常心。"在商品经济愈演愈烈的2013年，许老师拈出"平常心"三字训导学生，不仅让我这个老学生自惭形秽，也远远高出了时下很多教育理论。当时的那些热闹事和那些风云人物，"林花谢了春红，太匆匆"（李煜）。时代的潮流不时激起几朵炫目的浪花，浪花跌下来就永远沉没在水的幽深处，被溅在河岸边的也变成了泡沫，很快会被毒太阳蒸发晞干，熙来攘往的行人踩上也没有了感觉。

二

许老师的诗集作品数量可观，总计要有四五百首之多；时间跨度也很大，最早的可以追溯到20世纪60年代，最晚的是近几年的作品，中间跨了近五十年；内容也非常丰富，既有写亲情友情的，也有抒怀忆昔的，还有览胜讽时的。我无力全面评说这些作品，仅就阅读过程中印象较深的几端，稍作引申，作为自己学习的心得体会，也希望引起同好者的阅读兴趣。

一是书写乡愁或对故乡土地的感受。我提及这点，虽是因集子中有《看央视四台〈乡愁〉感赋》《梦回故园》《梦中老屋》《童年轶事》《回村记》等涉及乡愁的作品，也有多首摹写三边风光的，还有像《留守妇女行》这些写农村男性劳动力大批进城务工，撇下的不光是留守儿童和留守老人，还有大批妇女，在家中守活寡。这说明许老师对目前农村问题有真实的了解和清醒的认识。

我要说的是另外一个稍微大一点的话题，就是近百年来文化人与三边（或靖边）的关系。我以为百年来与靖边本土文化发展有密切关系的前后有四批人。其中第一批文化人主要是外来的，外来的传教士传播福音，外来的革命者播种革命火种。第二批文化人也是外来的，但他们主要是被派遣或分配到学校教书的，主要是通过教育开发民智、作育人才的。像我曾提及的郭延龄、杨正泉、李笃志、辛新华、石玉瑚、廉奎、黄海、张凤玲等从外地来靖边教书的老师。第三批则是在本土成长起来的读书人，他们虽然也有外出求学的经历，但学成归来，服务故里，报效家乡。我比较熟悉的主要有侯子诚、尚源、姚勤镇、鲍登发、杜海燕、田捷、许江、王再强、高越林等老师，更年轻的如苏维军、苗丰等。第四批则是我们这些通过高考从三边走出去的靖边人，应该说这一批在1977年之前也有一些,但集中出现则是恢复高考后,李星斌、薛保勤、史培军、樊治国、王建忠、王玉泽、郭志宏、刘苗、刘万芳、张小宁、高晶华、田沐成……靖边源源不断向外输送人才。出去读书的有回去的,加盟到第三批中,但每一年都有数量可观的人漂流在外。像我这样漂流大半辈子的,客居异地,可能永远也不回去了。

从尚源老师、姚勤镇老师到许江老师等构成靖边文化人的一个本土群体,其意义在于,他们开启了知识本土化、人才本土用的模式。有了他们这批中流砥柱,就不害怕人才的水土流失。而且从人力资源和文化建设的长远来看,这一模式已成为当地揽才、留才、用才的常态。应该说,他们是靖边文化的扎根派,也是靖边建设中的"知情者",所以他们的乡愁最深。与我们这些每年走马观花回家看看的做客者心态不同,也与从外地来任职三五年便走的官员不同。他们生于斯,长于斯,工作生活于斯,风俗人情现状一切了然于心。因为对这块土地爱得深,所以忧患也深重。

二是对亲情特别是母爱的讴歌。集子中有多首写到母亲的作品,如《母亲百日祭》《从榆返靖途中悼母亲》《梦母感赋》等,均情真意切。《母亲百日祭》中写道:"常思母亲纳鞋底,我似小猫卧面前。常思母亲去劳作,我似小狗跟后边。及长我成顽皮鬼,无故经常惹祸端。母亲为我心操尽,邻居面前赔笑脸。八岁以后进学校,母亲更是心不闲。怕冷怕热怕受气,总要送到村外边。九岁骑驴胳膊折,躺在炕上几十天。母亲亲自喂汤饭,百般关爱无怨言。"确是幼小时三边乡下的画面,很温馨很感人。诗集中的作品也多有对儿女孙辈的牵挂,对家族事务的热心,他提及参与《许氏族谱》的编写,还保留了撰写的《辛巳清明祭祖感怀》《己丑年许氏祭祖文》等,这些对于乡村基层社会的重建很有意义。诚如学界的普遍认识,近百年来,中国乡村的家庭、宗族、祠堂等自治组织在暴风骤雨的破旧立新中已经颓塌,而这对构建具有良风美俗的和谐社会很不利。试问一个人连自己的家族史、地方志都搞不清楚,又怎能搞清楚国史呢?连自己的家庭、家族都不爱,又怎能让他爱国呢?

三是从政期间的低调言行和另类作风。其实,许老师真正任教的时间很短暂,在1976年年底送走我们这一届学生不久后就从政了,入了仕途。这一时期的干部,特别是知识分子干部,对党的政策是真心拥护的,对"十一届三中全会"的历史意义,比一般工农干部体会更深刻。集子中收入了《自查报告》《离岗有感》《退休二首》《自挽卅韵》等作品,看出他能律己,有底线,对自己的出处行藏看得很达观,认识也很透彻。他以五言诗的形式向组织交了一篇自查报告。在诗中,他先是与同龄人对比,感到很知足;继又与同人同事对比,表示不羡慕宝马豪宴。接着他变被动为主动:"我劝众领导,莫要钻钱眼。钱眼深似海,久入必自淹。我劝众领导,贪为万恶源。东窗事发后,亲友受牵连。我劝众领导,应学古圣贤。洁身品自高,门庭将鱼悬。我劝众领导,多干大事业。乘着掌权时,立功谱新篇。我今作自查,扪心细检点。未干亏心事,酒醉妻伴眠。"这样的自查报告,绝对是另类,会把"众领导"们雷倒,让他们很难堪。但这样的自查,又是真心诚意,绝少官腔官调,是一个有良知的基层干部的大实话。在《自挽卅韵》中,他利用古代自悼自挽自祭的方式,抒发对人生的透彻之悟:"呜呼。老夫戏作自挽句,亦庄亦谐亦无聊。位卑忧国清谈客,一介书生似鸿毛。自挽卅韵君莫笑,且饮且歌且长啸。他年倘若坟头平,青蒿即我斜阳照。"在《丰都》一诗中则借鬼神说事:"世上神多鬼亦多,丰都城里有阎罗。平生不做亏心事,鬼神又能奈我何!"许老师教学生要有平常心,律己则以不亏心,不以高义炫世,不以巧言唬人,诚哉斯言。

四是对世风时弊的针砭和批评。诗集中有《J城世相杂记》一首长诗,是对近年来浮躁恶俗的城市文化的纪实和批评。还有《J城官场散记》一首,应是前首的姊妹篇。《某君归乡》则是对那些"出了草窑门,忘了草窑人",暂时得势者的讽刺挖苦。

前现代社会,朝廷中设有左拾遗右补阙的职位,专门高薪养一些官员给朝廷和百官挑毛病提意见。再早的周代,"天子听政,使公卿至于列士献诗,瞽献典,史献书,师箴,瞍赋,矇诵,百工谏,庶人传语,近臣尽规,亲戚补察,瞽、史教诲,耆、艾修之,而后王斟酌焉,是以事行而不悖"(《国语·周语上》)。《汉书·艺文志》也说:"故古有采诗之官,王者所以观风俗、知得失、自考政也。"《汉书·食货志》则说:"孟春之月,群居者将散,行人振木铎徇于路以采诗,献之大师,比其音律以闻于天子。"朝廷通过这些"饥者歌其食,劳者歌其事"的作品,知道了民间疾苦,以便更好地调整或确定政策。当前执政者若果真能继承并弘扬这些优秀的传统文化,许老师诗中反映的这些情况自然也能上达"天"听。

三

许老师诗集的名称中原来有个"翁"字，我建议他去掉。他仅比我年长八岁，今年虚六十六岁。近三十年来，中国社会在进步，国民平均年寿已经超过七十多岁，北京地区的平均寿命已过七十五岁。故我希望许老师老当益壮，向那些百岁老寿星看齐。"何止于米，相期以茶"（冯友兰），我也期待在下一个三十年的同学聚会和老师的祝寿会上露面祝贺。

我并不知许老师会上网，通过读他的诗集，我才知道他还玩微信，甚至还能与许多诗友在网上唱和。这体现出他心态年轻，能与时俱进，追踪并享用现代科技进步带来的成果。

所以，我相信在不久的将来，他还会给我们写出诗稿的续集。"庾信文章老更成，凌云健笔意纵横"（杜甫），许老师也会给我们写出更加老辣沉雄的作品。其实，好的作品数量不一定要很多，只要能突破自我认知的天花板，无复依傍，自由思考，笔补造化，自铸伟辞，还真的可以以诗文不朽。我们期待着老师在新时代的新成果。

精神自驾游：《京兆集》读后

炜评的《半通斋诗选》出版时，我先睹为快，并写过阅读体会。几年后，炜评又一部新作即将问世，我在第一时间看到许多师友的络绎祝贺，新见迭出。炜评再次相邀发言，我却语塞。因为大家把我想说的那几层意思都说出来了，而且说在我前面，讲得又比我好，我何必再唠叨重复呢？

炜评人聪慧，留校也早，学校的教学、科研、管理诸方面，条条道路通罗马，无论走哪一条，都是金光大道。但炜评有点像民国时的陕西学人吴宓，因为收到多个学校的聘书，反蹙着眉，踟蹰再三，不知该如何抉择。又有点像当年大观园中的贾宝玉，因许多漂亮妹妹撩拨划搅，宝二爷眼睛迷离，腿脚扑簌，见到哪个女孩子的胭脂都想吃。宝二爷形成道路自觉，明确宣示要"任凭弱水三千，我只取一瓢饮"，出自小说第九十一回，那是老晚的事了。炜评于诗之一道，从学诗、爱诗，到迷诗、痴诗，也是经过几度劫波，几多磨难，才越来越专注执着，自凿一片光明天地，不求藻饰，天然烂漫。

大家已经给炜评戴了不少高帽子,而我想从以下三端发点感慨:

一是感叹炜评未能赶上古典诗歌的黄金时代。如今的时代是自由体的散文、小说的时代,是代言体的影视剧的时代,是在各种大赛中走秀一夜成名的时代,也是娱乐至死的新媒体的时代,这就注定炜评只有与大众同乐,才有可能被时尚接受。如坚持古典诗学理念,那只会像老杜笔下高颜值的佳人,要"天寒翠袖薄,日暮倚修竹"了。

二是感叹汉语书写的混乱,众声喧哗。自媒体时代,人人是写家,处处能发表,在瓦缶雷鸣中,文绉绉的炜评即便扯破嗓子呼喊,也被喧嚣的众声所淹没。什么是典雅的汉语,什么是沉郁顿挫的表达,大众并没有一致的看法。什么是语言腐败,什么是语言暴力,也没有人提出要禁忌或回避。汉语书写的整体质量与水平,放在全球化及构建人类命运共同体的当下,与世界其他民族的书写相比,究竟处于什么样的地位,有哪些特质,有哪些优势,哪些我们要坚守,哪些要扬弃,似乎没有多少人关注和焦虑,更缺乏清晰理性的梳理和论证。在新的文学大跃进中,作家埋头于不断发表,学者忙于不断完成项目、课题,起早贪黑,像酿蜜的工蜂,像码字的农民工。炜评如尾随这支队伍,跟着众人整齐地发声,我们自然听不清楚他的商州嗓音。但他如果不把自己的小我,汇入到时代的洪流中,那只能做不逐队随群的骡子。

三是文学的写作是否有必要像体育竞技一样争第一名,或者像金庸笔下的武林门派一样,干掉所有对手,争抢盟主的椅子。我在他上次集子出版时,曾鼓励过他要力争上游,这次新集编成,也还有师友为他的作品排座次。如今我已提前步入衰年,鬓已星星矣,不会再鼓励他争狠斗勇了。古来文无第一,武无第二,故炜评也不要过分透支体力,冬练三九夏练三伏了。饥来吃饭困即眠,有诗兴即写,没有诗兴也不要勉强自己。至于读者是否喜欢,是否能入围年度好诗排行榜,是否能传世,我们真的不要操心了。更何况,先儒讲学问的最高境界应该是"为己之学",那么诗的最高境界也应该是自证自悟,而不是排行榜上的第几名。

我不光是炜评诗的忠实读者,也是他题写的对象。印象中他有两首诗是题赠我的,其中收入本集中的一首写道:"郢客心同天道谋,谁能轭下缚清喉。回车且向潇湘路,漫作精神自驾游。"附注的时间是2015年7月。那一段是我心境最坏的时间,炜评不光赠诗,还请一位知名书家书写、裱糊并装框送我,我真感激他的侠义,也感受到了他的温情,伴我走出泥泞。但是我尚有自知之明,以为"潇湘路"云云太高大上,我根本不配。"轭下缚清喉"又下笔太重,我既不自虐,也无被虐。

不过,我还是很喜欢他最后一句的"精神自驾游"。念这句诗时,我联想起了陈寅恪的"自由共道文人笔,最是文人不自由",也想到了杜甫的"白鸥没浩荡,万里谁能驯",苏轼的"拣尽寒枝不肯栖,寂寞沙洲冷",当然还想到王国维的"试上高峰窥皓月,偶开天眼觑红尘。可怜身是眼中人",唯他的表达不是古典语汇,而是标准的炜评式句型,所以我偏爱。当然若不停下来,继续抬杠,那么你会发现,其实"自驾游"的"自由"也很有限,譬如红灯停绿灯行,譬如礼让行人,譬如不能酒驾醉驾,譬如到了高速路上也要限速,譬如无处不在的探头在监控着你,"人生而自由,却又无时不在枷锁中"。唯卢梭的话是论文语言,炜评的表达是诗意,点到就可以了。你懂的。

为了怕别人说我爱显摆,我没有敢把他的题赠大摇大摆地挂在新房的客厅,而是把诗框放在书桌旁,保证每天坐在桌前抬起头就能看到,正如我在提醒炜评,他何尝不是用"潇湘路"来警示我。"风檐展书读,古道照颜色",历代圣贤、河岳英灵长存宇宙中,我虽不能至,但也应该心向往之。我没有炜评的敏捷诗才,但现在也有了一些闲时间,暇时能生出闲心、静心和玩心,能品咂出他在饭局上的人来疯,诗集里的恣肆,也能会心他老男孩的做派。当然,我没有按照命题作文的要求来写,而是由他的作品生发出不少感慨和联想,这是否也是一种"精神自驾游"呢?这一回把炜评也忽悠上,走走走,咱们一块"自驾游",咋向?

《高晶华词集》序

论起来,晶华与我是乡党。陕北人不说乡党,而叫乡亲,古时乡、党、闾、里是近义词,但乡亲显然比乡党距离还近。此地风高土厚,歌谣慷慨,米脂的婆姨绥德的汉,清涧的石板瓦窑堡的炭,还有石油、天然气、高岭土、岩盐,出产多着哩,就是经典文化比较稀罕。晶华也是我的文友,我们在大学都念中文,准确的称谓叫汉语言文学。这一专业在国内很尴尬,既没有地质、半导体、计算机一类专业精微,也没有外语、心理学、宗教学那样神秘。几乎每一个国人都说他会说汉语,会写汉文,故我们学科的普及性较好而专门性较差,无法向别人显摆更无法忽悠别人。甭管你是多大的专家,你念错一个字,写错一句话,小学生也会站起来检举你。学中文的很多人也很乖巧,仅仅把专业当成敲门砖,毕业后敲开了门,这块砖就可以扔了。在陕北群落中,醉心经典文化的并不多,在人生道路上对中文"且行且珍惜"的更少,晶华应该是这一群落中的少数派。

今年春节后,晶华说给我邮箱发了诗词稿。我原以为是几篇作品，打开附件，竟洋洋洒洒几百页，总共211首，其中词197首，诗14首，自由体9首。这样一个数字，如衡之于专职从事创作者，并不突出。陕西词坛上的月人兄，也是毕生痴情于词，且稳产高产，数量恐快接近万首了。但月人几近于专业创作，除了编刊物印报纸，似乎没有其他的兴趣，把时间和精力都奉献给了词。晶华不同，有紧张繁杂的公务，能利用的也只有每天的八小时之外、每周的双休日。他的业余时间尽量躲避牌桌酒场，把自己关在书房，淫浸在墨香诗韵中。

笔墨文辞的兴趣其实谈不到伟大，甚至也不一定非要说高雅。但正如西哲弗朗西斯·培根所说："史鉴使人明智，诗歌使人巧慧，数学使人精细，博物使人深沉。"最后培根氏又总括一句："学问变化气质。"平时兼收并蓄、含英咀华的那些知识学问，潜移默化中是可以改变一个人的气质的。据我观察，凡有翰墨泉石癖好者，一般都张狂不起来，也轻浮不起来，而会沉潜下去。因为他头上有灿烂的星汉，他面前有巍峨的山川，他心中有悠远的传统，他怎敢以"无知"为借口放纵自己的"无畏"呢？

晶华写作的题材很广，举凡旅游观光、工作考察、故乡省亲、散步闲行，都能在他的笔端留下印迹。晶华也似有过婚后两地分居的经历，故他词中所写"心近切切，人远迢迢。舀起相思两三勺，忽有千言心头绕，掐指拭目归期早"云云，于我心亦有戚戚焉。我们这一代都抚育的是独生子女，故把孩子的成长教育都看得很重，晶华叙述自己"租室一隅高新路，为儿郎，肝心付。三年寒窗始开启,从此晚归早出","费尽思量入名校,谁却解、孟母三迁……偶与家长讨方,道一律千篇","才散家长会,步盈且心慰",我自己也刚养大一个调皮捣蛋的儿子,故特别能理解晶华的用心良苦。晶华还有一类以文字为游戏的作品,如《瑶华》以流行歌曲名组成,《风入松》以鲁迅作品题目织成。以藏头词与朱晓渭酬唱,以藏头诗祝贺新年等等,这些都是古代文士的余绪,要做好也很见功力和才气。我更看重他将环境污染问题纳入词写作的视野,集中有多首提及,《凤箫吟》一篇通首写雾霾,虽然洋文及数字"PM二点五"如何入词尚可斟酌,但透过"又拆建无度,看黄尘激扬,彻夜不息,向年年,谋划无术。莫哀怨,满目口罩,谁唤风流"等句子,可以看出他对这一生态灾难的态度。另外《生查子》一首写沙尘暴,也令人印象深刻。最为特别的还要推《酒泉子》(哭羊),对西安城餐饮界方兴未艾的"铁锅炖羊肉"义正词严地抨击:"多少悲魂穿肠过,泪作釜中汤。自古嗜血数豺狼,而今狼绝人更猖。"据我所知,晶华并非素食主义者,但饕餮之徒的暴殄天物,土豪们的大肆挥霍,激起了他护生的热情,更何况晶华幼年曾有过放羊的经历,与善良动物长期的亲密接触,唤醒了他的"不忍"之心。将生态文明、绿色和平、动物保护纳入创作视野,极大地拓宽了词的题材,应给予鼓励。

　　知名华人学者陈之藩先生在美国麻省理工学院演讲时引过王国维《浣溪沙》中的句子:"觅句心肝终复在,掩书涕泪苦无端,可怜衣带为谁宽!"陈先生还怕别人不能理解他的心曲,于是又用自己的话解释说:"我们当然对不起锦绣的万里河山,也对不起祖宗的千年魂魄;但我总觉得更对不起的是经千锤,历百炼,有金石声的中国文字。因此,我屡次荒唐的,可笑又可悯的,像堂吉诃德不甘心地提起他的矛,我不甘心地提起我的笔来。我想我在国外还在自我流放的唯一理由是这种不甘心。我想用自己的血肉痛苦地与寂寞的砂石相摩,蚌的梦想是一团圆润的回映八荒的珠光。"(陈之藩《叩寂寞以求音》)

之藩先生念工科出身,是国际知名的华裔工程学家,但又是文化遗民,所以把现代社会中"有金石声的中国文字"的失落,看作与"锦绣的万里河山""祖宗的千年魂魄"的失落同等严重,有深刻的痛苦感和危机感。这让我们这些身居华夏腹地专攻中文的学人,在几十年后重读这些文字,仍感到羞愧。好在以中华之大,还有人清醒地坚守,不甘心地提着堂吉诃德的矛不断地与风车搏斗。仅我知道的陕西词苑,就有徐耿华、月人、李涛、李能伢、王亦群、王峰、高晶华、张小宁等一批中坚在清醒地坚守,不懈地探索。我鄙陋,又不善倚声,但愿意以他们为友军,为他们的壮行击鼓助威,摇旗呐喊。

《唐代礼制文化与文学》序

近年来，因工作的缘故，我经常参加各地硕博士论文的评议和答辩，也不止一次参加过文史学科的博士后项目评审。每年的五六月份，是内地高校老师的"农忙"季节，整天疲于应付参加各类答辩，圈子里啧有烦言，但只要看到好的论文，还是让人心情振奋，疲惫与委屈也一扫而去。通过这个环节，对各地学术后备人才培养的整体情况也有了一些了解，同时也有机会接触到更多的年青才俊。

于俊利博士就是在这一过程中认识的。记得2010年我应邀在师大启夏苑参加答辩，对她的论文选题印象很深。我素来"未解藏人善"，尤其是对年轻人，便在会上不加掩饰地多所肯定。她的指导老师傅绍良兄乘机向我推荐，俊利毕业刚回到体院，席不暇暖，便又行色匆匆，负笈西大，开始在西大中文博士后流动站的科研工作。作为她的联系导师，我当时建议她沿着唐代礼官与文学这一思路再朝前推进，于是她选择了"唐代礼制文化与文学"这样一个更开放的题目，与前期研究既有关联性又有很大拓展，并用此题目申报了国家博士后科学基金和国家社科项目的基金资助。这两个基金尤其是后者，竞争激烈，获得较难，俊利在学术上刚出道，就能连续斩获，证明在选题上还是有先进性的。

经过四年多的艰苦努力，俊利终于提交出一份厚重的答卷。全书除绪论和结语外，分为上下两编共九章。上编综论唐代礼仪制度的内涵及背景、礼制与唐代社会风尚及士人心态、礼制文化视野下的唐代文学形态等。下编为分论和专题研究，分别涉及吉礼、凶礼、朝贺礼、巡守礼与文学，还从礼制文化的角度对杜甫"三大礼赋"、敦煌本《甘棠集》进行了新的诠释。我特别看重她在下编中所做的一系列特色性的展开和深化。

如果说上编的内容主要还是综述唐史学界、制度史学界已有的研究成果的话，那么下编所展开的更多是文学史学人的独特推进。因为有她前期所做的礼官研究成果做积淀，也因为唐代文学研究界有关"历史—文化综合研究"，经过岑仲勉、严耕望、程千帆、罗联添、傅璇琮、郁贤皓、王勋成、胡可先、戴伟华、尚永亮、陈飞、傅绍良等几代学者的不断努力，典范性的成果层出不穷，这些都能给俊利很好的示范，使她能在自己圈定的二亩三分"责任田"中风里来雨里去，辛勤耕耘，没有让土地荒芜，也没有出现水土流失。看着漫山遍野的葱茏与青翠，我知道她付出了自己的艰辛努力，我感到很欣慰。古人所谓"功不唐捐"，洵非虚语。

总括起来说，本书在考察唐代礼制体系和礼制建立的文化环境基础上，对唐代礼制下文人的职事及文学活动做了更多更细的勾勒，较清晰地呈现了礼制—文人—文学在历史脉络中交互影响的复杂互动。作者还从文化与文学的结合点上，考察在吉、凶、宾、嘉、军五礼制度下，唐代文人所特有的从政方式、生活状态及其创作趋向，对唐代与郊祀、封禅、挽歌、朝贺、巡狩诸礼相关的文学现象也做出独到的阐释，尤其是关注到礼制文化背景下文学发展的内在理路与多维价值。全书既有唐代礼制与文学关系的总体考察，又有从五礼角度进行的系列专题研究，为唐代政治制度与文学研究、唐代文化与文学研究做出了可贵的新尝试，使唐代制度与文学研究这一领域又增添了新的例证，也使人们对唐代礼制礼俗与文学关联性的认识，从学理性和知识性两方面均达致更深的程度。

  俊利虽然在这一课题中做了不少开拓，但这仅仅是她在唐代文学研究领域迈出的第一步。"雄关漫道真如铁，而今迈步从头越"，唐代研究的天地很广大，可值得开拓的领域也很多，即就以礼官、礼制文化与文学这一课题来说，可精耕细作、深入开掘处也还不少，如唐代礼制对文学革新之影响，礼仪制度对唐代文人仕途的影响等，均还可找寻更多的材料以丰富论题。至于朝廷礼制与地方礼俗间，如何借由礼制礼学进行政治社会秩序的建构与维持，在文学作品中又体现出怎样的线索和现象，这当然更值得进一步思考与梳理。还有礼学、礼制与礼俗之间的错综复杂关系及其在文学作品中的隐约投影，唐代礼制文化与其所处前后时代的比较研究，潜藏在文学作品中的古礼化石在现当代还有哪些孑遗，等等，则有更大的探索空间，也应是俊利今后努力之方向。希望俊利能再接再厉，锐意进取，不断推出有价值的新成果。

《朱熹〈楚辞集注〉研究》序

永明 2008 年毕业后，回到原来工作的学校，一边上班，一边打磨修订论文，孜孜矻矻，刮垢磨光。又过了六年，始把修订后的书稿呈上，问序于我。这个题目从提出到付梓出版，他差不多花了十个年头。在学术生产只争朝夕的时代，他能坦然示人以慢，咬定一个题目不放松，做到自己较少遗憾，也真不容易。

永明来西大攻读博士学位前，曾师从著名楚辞学家黄灵庚先生，故在确定选题时，我建议他尽量朝楚辞学靠近。楚辞的传播接受长达两千多年，文献汗牛充栋，问题与疑难处如恒河沙数，对于永明确实是一个考验。我们最后确定以一部文献为重点考察对象，或者说从相对独立的一个点来切入。开始写作后，永明很快就进入状态，完成初稿、送外审及答辩各个环节也均比较顺利，永明的辛苦努力得到了大家的认可。

关于本书的学术特色，黄灵庚先生序中有深入的阐发，较一致的看法我就不多重复了，我仅对本书在文献研究上的一些特色稍做强调。

一是对《楚辞集注》版本源流的全面梳理。作者从宋代的晁志、陈录、《中兴馆阁书目》等公私书目,以及《景定建康志》《玉海》等方志类书开始,直到近现代历代书目著作及文献资料中爬梳有关《楚辞集注》的材料,呈现了《楚辞集注》版本流传及存佚的整体情况,对域外刊刻及收藏情况也有揭示。

二是以《楚辞集注》全书为语料,分析朱熹《楚辞集注》的训诂方法、理念及特色。朱熹虽身为宋学的翘楚,却非常重视汉学训诂的成就,他说:"祖宗以来,学者但守注疏,其后便论道,如二苏直是要论道,但注疏如何弃得?"(《朱子语类》卷129)、"某寻常解经,只要依训诂说字。"(《朱子语类》卷72)、"先儒训诂,直是不草草。"(朱熹《答李晦》,《朱文公文集》卷59),这一理念在宋儒尤其是理学家中较少见。《楚辞集注》就是在继承汉唐训诂成果的基础上,阐发他的理学思想,既重汉唐训诂,又重宋学义理。

本书的学术创新,首先表现在选题具有开拓性。《楚辞集注》是楚辞学史上的最重要注本,但学术界对其综合研究较为薄弱。本书就《楚辞集注》的成书、版本、训诂、诗学观做了全面的研究,对楚辞学点的深入有助益。其次,关于《楚辞集注》成书时间和原因,前贤与今人多强调赵汝愚事件对成书的影响,本书作者指出朱熹本人的经历与屈原有极大的相似性,就是无赵汝愚事件,朱熹仍然会有充足的情感和学术理由来整理研究这部典籍。再次,在诗学观上,作者指出朱熹的"《楚词》不甚怨君"是朱熹对《楚辞》思想内容的一种体认;"《楚词》平易"是朱熹独特的楚辞艺术风格论,这些都是过去被有意无意忽略掉的。

　　本书是永明君楚辞学研究的处女作。他能坐十年冷板凳，从原典文献出发，通过文献的内证来抉发朱子的微意，这是应该肯定的。当然，在我看来本书也有不足之处，比如说没有能从宋代楚辞学的视野来观照朱熹《楚辞集注》，特别是没有能将洪兴祖的《补注》与朱熹的《集注》进行深入细致的比较研究。又比如，未能联系朱熹在宋学上的整体成就来定位《楚辞集注》的学术意义与学术方法。还有，文献学的研究如何与学术思想史相结合，如何在对文献的梳理中凸现出思想衍生的脉络，如何使文字表述更加直观简明，等等。我认为，这些都是永明君在今后的学术道路上应该不断努力的。

《唐代京兆韦氏家族与文学研究》序

王伟博士的《唐代京兆韦氏家族与文学研究》一书即将梓行，问序于我。因为本书是他博士论文的修改稿，我曾忝列他论文的指导老师，与作者和论文都有些"连带"关系，故乐于做些绍介。

20世纪90年代，我随霍松林先生读书，当时苦于学位论文选题无新意，于是避熟就生，从"地域—家族"的视角入手，选取"唐代关中士族与文学"为题，后来又南下沪上随王水照先生做博士后研究，提交了《唐代三大地域文学士族研究》的报告，一眨眼十多年的时间就过去了。我当时剑走偏锋，有关"地域—家族"的研究也未成风气，更没有后来这样持续的热闹，没料到歪打正着，竟然撞上了这一20世纪学术的大潮流。回想起来，感慨良多。故后来自己指导学生时，也有意识引导更年轻的学人朝这个领域走。其中随我读书且受到我"忽悠"者，王伟选京兆韦氏，邰三亲选河东裴氏，高淑君选江南陆氏，和谈选辽金时期的耶律氏，还有一位硕士选了东平吕氏。他们分别就相关家族个案进行了较细致的爬梳，也有自己的新开拓。

我一直以为，进行中国古代家族或士族研究，选择隋唐时期有很多先天不足，衡之以标准，隋唐士族没有魏晋南北朝士族典型，又缺乏明清及近代家族丰富的谱录资料。前人之所以措笔较少是有具体原因的。至于家族与文学的因缘关系，更让人有"巧妇难为无米之炊"之慨。文学史研究毕竟首先是一种史学研究，胡适先生讲："有几分证据，说几分话。有一分证据，只可说一分话。有七分证据，只可说七分话，不可说八分话，更不可说十分话。"应该成为我们学术共同体的基本守则。在学术研究上，后学者亦如拓荒者，肥美膏腴之地已被先一轮圈地者圈走，他们只能在贫瘠不毛的边疆垦荒。好在他们踏实肯干，又富春秋，假以时日，经之营之，也一定能将学术的南泥湾变成塞上好江南的。

王伟此书共十一章，还有三个附录，近三十万字。全篇以唐代京兆韦氏为中心，梳理其家族文学发展的脉络，探讨社会、历史、地域、学术思潮对家族文学创作的影响，而后在家族文学本位的基础上，用"自下而上"的方式重新审视唐代文学史。作者还提出"层累式"的家族文化建构说，强调具有整合色彩的家族文化观。通过韦氏家族文学个案的具体解剖，来助推中古文学文化研究的不断深入，对古代地域文学研究也具有场景复原和文化再现的作用。

另有一事也很有意思，时下媒体热议家教与家风，跟进者甚多。殊不知这是家族研究的基本套路，古人的高见就不必说了，我在《唐代关中士族与文学》一书中已立专章讨论关中士族教育，还特意用一节篇幅谈家教，引用钱穆先生的名文和陈寅恪先生的名言，并进行引申发挥。王伟书中也辟出一章研究韦氏的家学与家风。而当代社会在先后强调阶级斗争、造反有理、革命专政之后，土豪甚嚣尘上，于此之际始祭出家教家风来挽救世道人心，先破后立，不禁让人感慨系之。

当然本研究也存在一些欠缺，如对韦氏家族个案叙述较详，但如何突破固有的家族文学言说模式，创新家族文学研究的话语体系尚需不断努力。又如研究基本停留在整个家族和个别成员，对家族房支内的文化文学活动仍有待进一步的开掘和梳理。

王伟博士正当学术研究的盛年，在本书之前已刊印了博士后出站报告《唐代关中本土文学群体研究》，模糊的学术面孔逐渐清晰起来。希望他能以此为契机，在学术目标上追求"第一义"，既能"照着讲"，又能"接着讲"；既有国际视野，又能本土创新。

中古以降，文运南迁，故关陕地域日渐沉寂，本土人物稀疏。但宋明以迄民国时期仍有张载、韩世忠、康海、李梦阳、冯从吾、李二曲、李因笃、刘古愚、于右任、吴宓、张季鸾等乡前贤，或以德行，或以义勇，或以忠烈，或以艺文，或以技能，彪炳史册，为这一方水土争了不少体面。"风檐展书读，古道照颜色"，21 世纪以来，枢机重启，希望王伟这一代年青的陕籍学人，不仅与时俱进，更能抗志希古，能在故籍神皋中书写出自己的名山事业，始无愧于河岳英灵。我虽逐渐衰朽，但正如锋焘兄所谓，也愿侧身道旁为年轻的选手们做啦啦队。

《乐府杂录校注》序

亓娟莉是较早随我攻读硕士学位的学生，记得他们那一届有七位同学，在校期间就并肩围绕课题，展开田野调查，出版过一本小书。毕业后天南地北，各有斩获。亓娟莉到咸阳师院任教，后又考回西大攻读博士学位。有过一段教学阅历和感受的人，对于学术的理解也就比直读生别有一番滋味在心头。

亓娟莉懂乐器，识谱，硕士论文围绕《乐府诗集》一书选题。故在确定博士论文题目时，我建议她选择一种音乐文献或乐史文献，做较为深入的纵向开掘。她很快就进入了学术状态，按时完成论文，顺利毕业。又以此课题为学术基础，申报教育部后期资助项目，也获得立项支持。项目完成后她要出书，我建议暂放一下，鼓励她广泛地向各地专家请益。她利用答辩、会议、访学等机会，向西安、北京和台北等地的音乐史家求教，特别是2015年春，负笈台岛，随台大沈冬教授做为期三个月的访问研究，回来后感到眼界开阔了不少，获益很多。

本课题以北宋《乐书》、明抄《说郛》等对唐段安节所撰《乐府杂录》进行校勘整理。同时注意考索段氏生平事迹，梳理《乐府杂录》的版本，校正了今传文本中的不少讹误。附录部分还收录了诸家评议，《乐书》本《乐府杂录》，《类说》《说郛》二种《琵琶录》，又从北宋及日、韩古籍文献中采录了相关图片，形成集校勘、注释及资料汇编为一体的《乐府杂录》新读本。

音乐文献的校勘整理，资料错综，涉及面广，专门性强，所以难度甚大。就唐代的音乐文献整理而言，任半塘先生《教坊记笺订》是20世纪唐代乐府文献整理的重要成果，举世公认。唯文献价值不在《教坊记》之下的《乐府杂录》，目前尚无集校勘、注释为一体的专著。亓娟莉博士初生牛犊，不畏艰难，继先贤之余绪，博采诸家，广搜精引，又集段氏事迹、诸家评议等勒为一编，实有功德于段安节。

文献整理关涉到版本之鉴别梳理、异文之去取按断等诸多方面。亓娟莉注重稽检考索，查正补阙，如《歌》部载及将军韦青，旧本作"尝有诗：'三代主纶诰，一身能唱歌。'""尝有诗"可以理解为韦青自己所作诗句，亦可理解为他人所作。而校补为"尝自有诗云"，虽仅两字之差，却可以完全断定此二句诗为韦青本人所作。作者还发现，全书记载唐代人事、时间，诸帝均记年号，唯武宗朝不记年号，而代之以"武宗朝"，乃以段安节祖父名段文昌，而武宗年号会昌，避家讳故也。这些细微之处极易被忽略，而亓娟莉却能以女性学者的敏感和直觉，于精研细读中发覆探隐，廓清争议。

本书还能详前人所略，略前人所详，对前贤有争议或生僻之处不避繁难，详加校注。如段录唐乐部部分，相对《雅乐部》《清乐部》等乐部，《熊罴部》要冷僻得多，且仅见于《乐府杂录》记载，而作者对《熊罴部》的注释也较其他详细，征引《通典》《册府元龟》等古籍资料，详解其形制，并附所摄熊罴案乐图。又如乐器部分，相对琵琶、笙等习见乐器，银子管、击瓯、方响等相对生疏，作者一方面搜集相关史料，另一方面插配相应古乐舞图片，图文并茂，使阅者一目了然。

亓娟莉沉潜于乐史研究有年，刮垢磨光，孜孜矻矻，不可谓不努力。唯中古时期音乐文化的全貌已失，后人多管中窥豹，执乐史化石以考古代音乐生态，戛戛乎其难哉。就《乐府杂录》的研究而言，若能对出土文献多加利用，想必还会有更多发现。另外，作为隋唐燕乐活化石的西安鼓乐，敦煌文献中的《望江南》等多首曲牌记录，学界研究者也已取得很多成果，是否对《乐府杂录》的校注研究有帮助，也需要作者关注。还有，对边疆地区和域外地区汉籍音乐文献的搜求与音乐实践的考察，或许也对文献的订正不无裨益。目前学界对《乐府诗集》和乐府学的研究正在不断拓展和深化，如亓娟莉能细大不捐，广搜博采，假以时日，或许会有更多收获。

说来也汗颜，我自己五音不全，从未沾丝弦，仅仅对中古文献有些兴趣。当年亓娟莉博士论文能顺利通过，也是依靠包括西安音乐学院专家在内的许多乐史专家的把关打磨。亓娟莉现在不断进步，奉献出了她的新成果，而我仍是乐盲，只能在看到热闹处为她拍拍手。她的这部书稿即将付梓,会为她争取到更多的请益学习机会,也会使她的成果得到更加广泛的批评指正。

  谨为序。

《生态文化视野下的唐代长安佛寺植物》序

早娟从陕西师范大学博士毕业后,来到西北大学中文博士后科研流动站从事博士后研究,我忝列她的合作导师。在确定博士后研究工作的选题时,考虑她已完成《唐代长安佛教文学》一书的写作,基于这一先行研究背景,我们商定以唐代长安地区佛寺的景观与植物为考察研究对象。她现在呈现给学界的这部《生态文化视野下的唐代长安佛寺植物》,就是在其博士后出站报告基础上几易其稿,反复修订,最后形成的。我前几年忙于学校管理琐务,自己操刀的具体项目较少,所以每看到学界同行与年轻朋友的新成果,辄喜不自禁,胜似自己的收获,对于早娟的新著我也有同样的感受。

文学与植物学是一个既古老又年轻的课题。《诗经》与《楚辞》中大量的植物名称与丰富的植物学资源,很早就引起学界的关注。三国时吴地学者陆玑,曾著《毛诗草木鸟兽虫鱼疏》二卷,专释《毛诗》所及动物、植物名称,有学者统计该书共记载草本植物80种、木本植物34种、鸟类23种、兽类9种、鱼类10种、虫类18种,共计动植物174种。对每种动物或植物不仅记其名称(包括各地方的异名），而且描述其形状、生态和使用价值。元代学者徐谦《诗经传名物钞》、清人徐鼎《毛诗名物图说》、陈大章《诗经名物集览》、日人冈元凤《毛诗品物图考》、当代学者扬之水《诗经名物新证》等，都是对这一领域的继续开拓、后出转精的成果。关于《楚辞》的植物学研究，除朱熹《楚辞集注》、洪兴祖《楚辞补注》外，清人吴仁杰已有《离骚草木疏》。当代台湾学者潘富俊以植物学专家的学术背景，进入这一领域，先后奉献了《诗经草木图鉴》《楚辞草木图鉴》和《唐诗草木图鉴》等成果，并在此基础上整合出皇皇巨著《草木缘情：中国古典文学中的植物世界》，提出文学植物学的新的学科构想。我在这里不厌其烦地罗列这些成果，一则是想说明这一领域已有相当的学术基础。另外，也是想为早娟所做工作正名，说明其工作的学理合法性。

当然，早娟的新创获，并非是以上成果的简单延伸，更不是同样学术模板的依葫芦画瓢，简单复制。早娟将研究对象放在更广大的空间——佛寺，而不是某部纸本文献，研究对象具有了更多的复杂性和不确定性。她念兹在兹的"生态文化视野"不仅关合佛教文化的某些精神层面的东西，而且直指当下，积极为全球化的生态文明建设找寻学术资源。这样，我对本书的评介就除了师生的私谊外，也含有为此大道张目的微义。此外，本书还有如下几个值得肯定的方面。

其一，调整研究视角的新的尝试。研究对象之于研究者而言，确乎是"横看成岭侧成峰"的，变换观察的角度，就会有新的发现。

中外有关唐代文学的研究，内容驳杂庞大，切入点亦各不相同。近年来，在各类研究视野下，产生了诸多颇有见地的结论及心得体会。

早娟的这部新著运用生态文化的视角，研究唐代历史上与园林有关的文学作品，这是一个较新的思路及方法。在研究对象与研究方法的结合上，需要的是努力，只有足够的付出，才能有所斩获。早娟博士的研究是建立在对研究对象的整体分析及对学界相关研究进行全面把握的基础上的，这显示出了一位研究人员应该具有的专业素养和学识。

其二，园林研究的不断深化。《生态文化视野下的唐代长安佛寺植物》一书能够做到将佛教生态理论与实证相结合，揭示出了唐代佛寺园林生态反映出的文化内涵和佛教理论对佛寺园林植物栽培的指导意义。

园林植物与山野植物之不同在于，前者表现出更多的人为意志，人的拣择、人的精神、人的期盼更多地投入其中，形成其独具特色的美。宗教园林更是需要通过植物表达其宗教诉求。佛教源于印度，汉代官方正式引入中国，始有佛寺，此期佛寺不重林木设置；魏晋时士大夫舍宅为寺，虽有林木，却少了几分佛教特色；隋唐时期是佛寺园林中国化的重要时期，佛寺园林独具特色，文人与佛寺之间多有互动，佛寺园林为文学的生成提供了重要场地，也成为文学表现的重要对象。这个时期的园林文学是对园林植物构成的忠实全面的记录。解读园林文学中的生态文化内涵，能够推动唐代园林研究走向更加深入的境地。

其三,文化空间叙述的新创获。唐代长安是丝绸之路的起点,丝绸之路上的植物交流与佛教关系密切,多种植物由于佛教的因素经丝绸之路输入长安,它们大多数被栽培在佛寺园林中,因此,研究唐代长安佛寺园林植物的构成具有重要的中外文化交流意义。在新丝路开辟的今天,以丝路起点长安为时空的这类扎实的基础研究,无疑将会为方兴未艾的"一带一路"建设提供更多的学理参考。

本书的优点很多,特色也很多,我这里不过择其荦荦大者,略作绍介。当然,本书也有不少值得进一步拓展或继续深化之处。比如,作者在论述中仅仅涉及了佛寺园林中的植物,未能将其他生态要素如动物、水域纳入研究视野,从生态学的结构上说是不完整的。另外,关于佛寺植物的比较研究,魏晋南北朝佛寺、宋元明清佛寺,与唐代佛寺植物的异同;南方佛寺与北方洛阳、长安佛寺植物的异同;进而言之,中国佛寺与日本及东南亚的泰国佛寺、缅甸佛寺植物的异同,等等,可供开拓处仍很多,希望作者不仅将此作为一个课题,而是作为未来的一个研究方向,继续耕耘,不断奉献新成果,也使这一论题不断深化,不断完善。

以上是我的一些粗浅认识,未必允当。早娟的新著出版在即,除了向她表示祝贺外,也希望她能够继续努力,在佛学生态学领域取得更多的成果。因为旧学新知的不断商量涵养、发现发明,既是自家智慧的展示,也是有益于众生的一桩大功德。

《唐代教育与文学》序

郭丽副教授的博士论文修订稿即将出版，问序于我。按理说我应该婉拒，因为这篇论文主要是由卢盛江先生指导，我无尺寸之功。之所以还愿意再次拜读并做点绍介，一是郭丽曾随我读过硕士研究生，二是我当时曾担任她博士论文的外审专家，故我乐于写几句话，向学界推荐。

郭丽对学业的踏实认真，我至今记忆犹新。我记得她硕士毕业那一年，既要写论文，又要准备考博，寒暑假都没有回家，住在学校的宿舍备战。西安的冬天寒冷，夏天奇热，她能克服这些困难，很好地完成硕士论文，顺利地考取南开的博士研究生，成了我随后每年教育新入学研究生的典型材料。

盛江兄序中提及的一点，我也非常赞同：学生基础不好的，担心论文做不出来，毕不了业；学生优秀的，担心自己的能力不能够帮他们提升一步，才能不能得到充分展示，特别是担心不能找到能发挥他们才能的好的平台。我自己也忝列导师多年，故很能理解卢兄的这种真诚而复杂的心情。我先后将自己的多位优秀硕士生推荐给境内外的名校名师，也是出于同样的心理。我将学生毕业比作嫁女儿，娘家太寒微，又没有体面的嫁妆给女儿添置，父母的心情也不好。即便女儿嫁入豪门，但小日子如过得不好，做父母的也没有什么值得夸耀。当然，衡之以现代伦理，我和卢兄的想法都太迂腐，太落后。从现代人权观念来看，连儿女都不是父母的私有财产，更遑论仅仅授业的学生？但我想华人的父母和教师都会很纠结，因为我们的传统牌位上，除天地君亲外，还有师道一伦。故无论是成家的儿女，还是早已毕业的学生，仍难免让我们牵挂。

郭丽还有一个优点，就是勇于任事。卢老师序里提及的帮他办唐代文学年会、在首师大帮相洲兄办乐府学会，这些我都是旁观者。但她为唐代文学学会秘书处的工作多年来与教育部、民政部反复联系，上传下达，不厌其烦，花费了许多时间和精力。由于全国性的学会是跨地域跨单位的，秘书处的同人均兼职，没有办法在单位记工作量。他们与部委的对口单位联系，人微言轻，门难开、人难见、脸难看是常事，郭丽任劳任怨，从没有诉过苦。

本文是郭丽十一年前的成果，她没有在毕业后很快推出，除了教学科研工作的紧张繁忙外，按我的理解，也含有给自己留出时间，比较从容地打磨修订。我结合自己看初稿时的印象，谈谈自己的阅读感受。

以唐代教育与文学的关联性作为研究课题（包括学位论文的选题），进行深入开拓是一种富有理论意义和实践价值的积极尝试。近年来在海内外偶有所见，各具胜义，如高明士先生将唐时的整个东亚教育视为整体进行考察，刘海峰先生从科举制度史进行梳理。本论文所构建的体系与所进行的开拓，在广泛吸收已有成果的基础上独出机杼，守正创新，大处着眼，小处下笔。从章节设计到具体内容的论述均有新意，主要表现在：

拈出唐代教育资源社会化作为关键词进行立论，并将其与文人群体的扩大化、文学的繁荣发展建立事实与逻辑的联系，在很大程度上巧妙地回应了唐代文学之所以繁荣兴盛的时代问题。教育资源的普及、教育受众的增加、诗赋教育的下行，与文学的盛唐气象秘响旁通，这显示出唐代文学研究的不断深入，在细致化、专门化的道路上又对学术史上的大主题不断回应。

《唐代教育与文学》一书上编就唐代教育思想与文学、唐代经学教育与文学、唐代文学教育的深入发展、教育内容在创作中的印迹等论题，广事搜罗，爬梳整理，有分析，有阐发，史论结合，抓住了本论题的主要内容。下编内容更加精彩，分别就童蒙教育、女性教育、留学生教育、书院教育与文学建立联系，搜集新材料、解决新问题，为唐代文学研究开拓出许多新的领域。

本文对相关材料进行深入处理，从量化的层面进行统计，不光显示出方法论上的特色，而且使其立论建立在坚实的基础上。作者还娴熟地运用比较的方法，文学与教育、官学与私学、中原与敦煌、留学生与本土士人，在在都进入作者比较的视域中，移形换步，光景常新，但又都紧扣全文的论题。

总之，本文选题有新意，对本学科的基本文献和相关领域的成果有较好的综述和引用。资料富赡,涉猎广泛。方法多样,运用娴熟。且能尊重已有成果,引用符合规范,是一部颇多开拓的作品。郭丽毕业那一年,全国优博论文评选已经停止,但学校推荐参加天津市优博论文评审,顺利入围。这也从另外一个侧面说明,大家对其论文开拓的肯定。

当然,其也有一些可进一步深入讨论之处。比如,唐代士庶所受教育有何不同,对其创作又有何不同的影响?从时间上说,唐初到中晚唐教育有变迁;从空间上说,关中、山东、江南三大地域不同,对教育的重视也不同,这些差别是否也投射在文学创作上?另外,文中从正面肯定唐代教育处极多,但按照教育史家的看法,唐代教育也有明显的弊处,对后代也造成持续的影响,作者对这些看法似应该有所回应。还有,原稿篇幅较大,修改稿压缩并不多。近几十年陕西、河南新出土文献极多,作者应该注意搜罗与运用。

郭丽在学术上已有很好的积累,本文也说明她能厚植学养,勇于创新。以她的勤奋踏实,相信在未来的研究中会有更多的新创获。作为曾经给她教过几节课的老师,我希望郭丽和她这一代年轻朋友对学术和人生都能有更通透智慧的理解,也有更全面圆融的践行。

《阅遍陕北都是歌》序

俊山是我的老乡，他的老家龙洲距我的老家张家畔几十里路，走路约半晌午，现在开车仅需几十分钟。但我与他缘悭一面，一直到去年才认识。虽然都姓李，不过早出了五服。我属于米脂七里庙这一支，他属于横山石湾白狼城这一支。他的作品中专门有一篇记述他的家族迁徙移动始末。

据我所知，陕北老家的许多老人退休后多热衷于体育锻炼、旅游、打麻将。不喝烧酒了，懂得健身健体是好事，但却忽略了健心健脑。说起陕北一肚子苦水，过去苦寒贫困，现在物质生活好了一些，但要从财大气粗到文质彬彬，或者从丰泽富裕到人文渊薮，仍然任重道远。可喜的是，近年来有一些新变化的消息，榆林有了诗词学会，靖边成立了读书会，张维迎、邢向东等为我们榆林挣来了学术体面，路遥、王向荣则为我们挣来了艺术体面。

让我感触良多的是，俊山从领导岗位上退下来，不是忙于抱孙子、玩麻将，而是把他过去写下来的作品汇集起来，精致打磨，插配照片，以如此雅致的墨香奉献给读者。本书应该属于非虚构写作，分为永恒记忆、回望故乡、阅读陕北、怡情闲趣四辑，前后贯穿，但各有侧重。其中第一辑追溯家族和家人，第二辑写故园乡亲，第三辑广记陕北风物，第四辑杂记其他。

初读俊山的作品，一个突出的印象是：我手写我口。俊山文章中述及的陕北景观，多数我知道，有些我在小时也亲历过，如他的《沙漠漫步小记》中的毛乌素沙漠。我在十多岁时每年的暑假，要从张畔走到内蒙古乌审旗河南公社七大队二小队住一段，假期结束再返回，途中都要经过毛乌素。他的叙述勾引起了我的回忆，并且丰富了许多细节。他提及沙漠中的沙蓬，就是唐诗中"飘蓬"。除了他列举的杜甫和贾岛的诗以外，我再帮他添加两个例子。一个是王维《使至塞上》中的"征蓬出汉塞，归雁入胡天"，另一个是李白《送友人》中的"此地一为别，孤蓬万里征"。这两首诗中的"征蓬""孤蓬"，与俊山提及的"飘蓬"，都是指沙蓬这种沙漠及戈壁中多见的草本植物，我也是在幼小时漫步沙漠过程中识得的。但俊山的表述与我不同，这最大的不同，就是我手写我口，把自己的所见所闻、所思所想酣畅淋漓地直接说出来。用他熟悉的音乐来比喻，好比他是用信天游来唱。我以为这不仅仅是他的写作技巧，也是一种叙述策略。用他熟悉的口吻，述说他熟悉的人事，他自然占有了优势，用体育比赛做比，他是在打主场。

其次，多述风物民俗及乡情。书中四辑，精彩的文章不少，我比较偏爱第三辑。虽然写丹霞地貌的不少，但像俊山连续用五六篇的篇幅(《山水龙洲》《龙洲不只有丹霞地貌》《丹霞的传说》《丹霞晨雾》《闫寨子》),不断移行换步,从远近高低不同的视角展示靖边丹霞地貌。这样就有了景深,给读者一个深入全面的印象。我猜想,这其中也含有他想向读者朋友炫耀和宣传他家乡的意味。

他对《阅遍陕北都是歌》一篇的题旨的解释也很有意思:"中国幅员辽阔,南方和北方地理文化差异很大,南方清秀,北方厚重。有人说,行尽江南都是诗,我说阅遍陕北都是歌。诗与歌同源,诗是歌,歌也是诗,所以称诗歌。南方用诗的格律来表现,北方用歌的形式来表达。诗严谨,歌松散,表现的方法形式不同,正如'橘生淮南则为橘,生于淮北则为枳,叶徒相似,其实味不同'。"我赞同他的见解。书中还提及了陕北靖边的不少风俗习惯,如叫魂。这些风习是古代社会的活化石,多了解一些,可以使我们更加立体地走进古代社会。

还有,本书的照片也很有特点。图文配合,增色不少。如《神树涧观柳》中的两幅沙柳;《飘香的榆子花》中的月夜榆树;丹霞系列的文字有特点,照片也可圈可点。

以上是我的阅读感受,未必恰切,也未必搔到痒处。但我还是愿意将本书推荐给读者,特别希望中老年朋友,不光阅读,如有自己的真切感受,不妨模仿俊山,自己也写一写,趁着脑子还好使唤,手脚也灵便,给子孙多留一些精神遗产,给历史也多留一些信实材料。

《趣讲汉语》序

许剑峰是陕北靖边基础教育领域一线上的教研人员，经历过教师、校长、县教研室管理者等工作变化。这种变化对于职务升迁毫无用处，但对于从事教学研究则是非常有益的。它可以促使研究者移形换步，从不同的角度观察研究对象的不同侧面，避免胶柱鼓瑟、刻舟求剑或见木不见林之类的认知盲点。苏东坡所谓"不识庐山真面目，只缘身在此山中"，就是批评这种认知的蒙蔽。本来"身在此山"可以近距离观察，是一件好事，但你要观察一些复杂的长时段、大体量事物，距离太近，或只有一个角度，就很难发现真相，所以适当地跳脱与超越是好事。海宁王国维谓诗人对于宇宙人生，须"入乎其内"，又须"出乎其外"，也是说的这个意思。

我的老家在陕北，看到在故乡基础教育战线上年轻的朋友对教学研究工作如此执着，如此高产，让我肃然起敬。但我对基础教育的教研情况确实外行，所以他转来新著《趣讲汉语》，希望我阅读后写几句话，我迟疑了好久。

不过，建峰书名中的"趣"字以及书中丰富有趣的内容，还有他的系列教材《趣文阅读》等，都有意识强调一个"趣"，引起了我的浓厚兴趣。翻看全书，感到他的教学理念与我对国文教学的主张多有暗合。物以类聚，人以群分，看到同道辛勤劳作取得的成果，应表示祝贺。明人袁宏道在《叙陈正甫〈会心集〉》一文中说过："世人所难得者唯趣。趣如山上之色，水中之味，花中之光，女中之态，虽善说者不能下一语，唯会心者知之。今之人慕趣之名，求趣之似，于是有辨说书画，涉猎古董以为清；寄意玄虚，脱迹尘纷以为远；又其下则有如苏州之烧香煮茶者。此等皆趣之皮毛，何关神情？夫趣得之自然者深，得之学问者浅。当其为童子也，不知有趣，然无往而非趣也。面无端容，目无定睛，口喃喃而欲语，足跳跃而不定，人生之至乐，真无逾于此时者。孟子所谓不失赤子，老子所谓能婴儿，盖指此也。趣之正等正觉最上乘也。山林之人，无拘无缚，得自在度日，故虽不求趣而趣近之。"我不避文抄公之诮，絮絮叨叨地引这一大段文字，意在说明建峰新书的名称和内容暗合快乐教学的思维，是兴趣学习法的一种实践。这种理念直击我们目前僵化刻板教学的命门，虽然建峰仅仅是在编教材，在谈语文教学，并没有讲大道理，但是他的教材中有一种活泼泼的东西，这种东西就是他所谓的"趣"。

他以这样一种理念来编教材，就能编出有趣的教材；用此类教材组织教学，就能营造出有趣的课堂；在这样的课堂中熏习濡染日久，就能让学生在快乐和兴趣中成长。虽不言寓教于乐或寓乐于教之类大话，但长期悠哉游哉，乐此不疲，学生们便会在不知不觉中获得了祖国语文的"正等正觉"，而又不失赤子之心，这难道不正是我们语文教学的最高境界么？

正脉:《尊师重教》前言

尊师重教是中华民族的一个优秀传统,也是古典教育思想中念兹在兹的一个突出特色。

历代关于尊师的论述很多。《礼记·学记》云:"凡学之道,严师为难。师严然后道尊,道尊然后民知敬学。是故君之所不臣于其臣者二:当其为尸,则弗臣也;当其为师,则弗臣也。大学之礼,虽诏于天子,无北面,所以尊师也。"韩愈《师说》:"师者,所以传道授业解惑也。"其是由秦汉以来的思想演生而来的。

现在湖南长沙的岳麓书院崇道祠仍保留一块匾额,上写"斯文正脉"四字,意思是说这是尊师之道的主流。在岳麓书院讲堂的门上,山长旷敏本还撰写了一副对联,上联是:"是非审之于己,毁誉听之于人,得失安之于数,陟岳麓峰头,朗月清风,太极悠然可会。"下联是:"君亲恩何以酬,民物命何以立,圣贤道何以传,登赫曦台上,衡云湘水,斯文定有攸归。"教坛如祭坛,将师者的使命、责任、义务庄严地传达出来。

古代儒家以天、地、君、亲、师为人伦的五种基本关系,长期以来，民间专门设置牌位祭祀。钱穆曾考证说："天地君亲师五字，始见于荀子书中，此下两千年，五字深入人心，常挂口头，其在中国文化、中国人生中之意义价值之重大，自可想象。"① 在古人看来，一旦做了教师，成了受教育者的"教父"（或教傅、保傅），与学生缔结了自然血统之外的另外一种文化关系："学统"（道统），人们常说"师徒如父子"，师生关系可以比附血缘关系，足见师者在文化传统中地位之重大，也使得人们对教师的遴选、师资的建设有着几近苛刻的要求。

关于重教的论述就更多了。《礼记·中庸》第三十一："故君子尊德性而道问学，致广大而尽精微，极高明而道中庸。温故而知新，敦厚以崇礼。"《礼记·大学》第四十二开宗明义："大学之道，在明明德，在亲民，在止于至善。"教与学又有密切关系，古人对通过学习提升自我、拓展自我、成就自我，有非常明晰深邃的认识，《孟子·离娄下》中说："君子深造之以道，欲其自得之也。自得之，则居之安；居之安，则资之深；资之深，则取之左右逢其源，故君子欲其自得之也。"《荀子·劝学篇》云："古之学者为己，今之学者为人。君子之学也，以美其身；小人之学也，以为禽犊。"这也引出中国古代教育史上一个非常著名的观点：学以为己或为己之学②。古代

---

① 钱穆：《晚学盲言》，广西师范大学出版社2004年版，第242页。有关"天地君亲师"的观念最早出现于何时、源于何典籍说法较多，较新的研究可参见徐梓《"天地君亲师"源流考》，《北京师范大学学报》2006年第2期。
② 较详细的阐释可参见李弘祺《学以为己：传统中国的教育》，香港中文大学出版社2012年版。

文献中重教敬学的材料汗牛充栋，现代的研究也林林总总，我自己也曾先后撰写过《我之大学教育观》《大雅：传统文化视域中的高等教育资源》等文章[①]。文章的题目虽叫作"我之教育观"，但实际上主要是体会、汲取、提炼或援引传统教育思想宝库中仍有生命活力的一些命题和金句，有兴趣的读者可以参读以求通观。

尊师与重教是互为因果，互为体用的关系。从某种意义上，师与教的关系类似乎鸡与蛋的关系，互相依存，互相作用，剪不断，理还乱。

古代有关尊师重教的内容既见于《礼记·大学》《礼记·学记》《荀子·劝学》等专题文章之中，但更多地散见于浩如烟海的文史文献中，包括家训、家规、家约、家书中，著名的如《颜氏家训》《朱子家训》《郑板桥家书》《曾文正公家书》等。现代学者傅雷所著《傅雷家书》，也包含很多启人心智的教子训子内容。也有没有用这样的名称的如《了凡四训》，但内容上也属于这一类。

本书将有关尊师重教的内容分为师礼学则、诏令奏疏、庙记学记、师论学论等几类，分类虽有些勉强，也有些交叉，主要是希望纳入更多内容，采撷更多资料。按照本套丛书的总体要求，将相关资料分门编类，每篇都有一个解题，并对入选文字简注，标注出处，以便于读者了解阅读。

当然，这还仅仅是一个很粗浅的选本，对尊师重教的话题如欲

[①] 前文收入拙著《课比天大》，生活·读书·新知三联书店2013年版；后文刊于《文学与文化》2016年第3期。

进行更深入专业的了解，可以参读和研修中国古代教育史方面的专门成果。有些专题可能过去学界涉猎较少，希望有心者以此为出发点再进行更深入更专门的研究。譬如积薪，后来居上。

2015年春节期间，万德敬君越过黄河来西安看望我，我非常高兴，就把人民文学出版社准备出版"中华传统价值观"丛书的事宜告诉了他，希望他与高淑君、和谈几位能够参与《尊师重教》的编写工作。万君慨然应允，迅速组建了工作群。三位编写者在搜集资料、选定篇目、制订体例的过程之中，反复辩难，集思广益，遇到不能商定的问题，能够及时地向我提出来，充分表现了认真负责的态度。由于和谈远在边疆，高淑君有一年多在境外工作，遇到出版社催问，我更多地把压力推在万德敬身上。万君也当仁不让，任劳任怨，在版本的校订、注释的深浅、文字的打磨以及体例的统一等方面做了大量的工作。万、高、和三位都在高校教学科研一线，年富力强，在各自的专业领域多有创获，已开始崭露头角，但都能尊师重教，弘扬河汾事业。因他们过去曾与我有师生之谊，本书的撰写我也有推荐之责，故略写几句以为弁言。

究人冥天之际

我愿意领衔承担《榆阳区古代碑刻艺术博物馆藏志》整理工作，并将阶段性的部分成果率先公布，不是蓄谋，纯属偶然。我本不擅金石学，从没有在此领域开疆拓土的雄心壮志。之所以耗费近五六年的时间精力，倾力于片石把玩、誊录校读，既是因为某种机缘，也是为了一份友情。

老友齐志嗜收藏，很多年前，我曾以张钫筑千唐志斋藏贞石、吕建中修大唐西市广收散石以成博物馆的样板激励他，一而可再，继之则可鼎立而三。老友古拙真朴，欣欣然有向往之意。唯因财务及时局，他遇到许多困难，委实不易。我促成他与榆阳区政府合作，使得这批贞石没有飘零散佚，而是全部集中存放在新落成的博物馆中，既让这批文物安家落户，又纾解了老友的焦虑。博物馆甫成，解铃还须系铃人。受老友与博物馆的委托，由我领衔，组建团队，做馆藏石刻文献的录文整理。

当然，说我完全不关注石刻文献也不属实。早年读书，曾修过戴南海先生的古籍整理课程，也听过王利器、李学勤、胡戟等先生的专门讲座。唐代文学研究圈中傅璇琮、陶敏、韩理洲、陈尚君、胡可先等先生关注新文献，每有新成果我都能第一时间分享。唐史研究领域中胡戟、荣新江、葛承雍、朱玉麒等先生对新文献的敏感，对新材料的利用，也给人以深刻印象。我自己的硕士论文本来还包括《孟浩然诗集校注》，当时已完成初稿，答辩完成后即束之高阁。后来的博士论文与博士后出站报告，也特别留意利用包括墓志在内的新文献。我关于李白研究写过一篇沾沾自喜的文章《范碑所述李白世系的谱牒学问题》，实际也是读碑志所获感受。当然这些碑文、墓志早出，已经成为传世文献的一部分。后来胡戟先生、荣新江先生主持大唐西市藏志的整理工作，邀我参加，并让我忝列编委，惭愧的是我未能有任何实际贡献。

犹忆十年前，齐志兄偶然将其新收藏墓志的拓片赠我，怂恿我写点文章，我一再以琐务繁忙为由拖延。2015年后我因个人原因辞去管理工作，齐志又用此话头激我。自忖虽然不做管理工作，但仍然在岗执教，教学科研都是分内之事，理应为供职单位有新的奉献。即便在教师的岗位上尸位素餐，也会为人诟病。加之苦海无边，不为无益之事，又何以遣有涯之生呢？

一

启功先生《论书绝句》其十："书楼片石万千题，物论悠悠总未齐。照眼残编来陇右，九原何处起覃溪。"[①] 以清代不断出现的金石文

---

① 启功：《论书绝句》，生活·读书·新知三联书店1990年版，第22页。

物更新书学界有关碑学帖学的论争，来说明新材料新文献的重要性。

《榆阳区古代碑刻艺术博物馆藏志》所收录整理的是古代碑刻艺术博物馆的馆藏墓志。这个博物馆由陕西省榆林市榆阳区建立，展陈的藏志主要由齐志提供，也包括榆阳区文保部门过去征集和收藏的部分文物。

从数量上说，委托我们整理的墓志总数是166方。从时间上说，这些墓志从西魏一直到明代。其中西魏北周2方，隋代10方，唐代146方，宋代1方，金代1方，明代7方。从空间上说，这些墓志主要是关中地区和陕北地区的。其中出自朔方郡夏州统万城附近的18方，其余绝大部分是出自关中地区的。从内容上说，涉及宗教类的5方，涉及外族的有4方。从亲缘关系来说，涉及父子关系的2方，涉及夫妻关系的8方。其中不少具有极高的史料价值和艺术价值，如北周的拓跋慎墓志、隋代的梁修芝墓志、唐代的李百药墓志、高崇文高承恭父子墓志等等。还有反映民族关系、丝路交往的吐谷浑成月公主墓志、回纥会宁郡王移建勿墓志；反映书法艺术的《唐故遂州司马常府君墓志》盖铭，由李阳冰撰额。特别是双语的《大唐故安优婆姨塔铭》，难得一见，为镇馆之宝，我在后面还要论及。

王昶《金石萃编自序》中说："宋欧、赵以来，为金石之学者众矣。非独字画之工，使人临摹把玩而不厌也。迹其囊括包举，靡所不备。凡经史、小学，暨于山经、地志、丛书、别集，皆当参稽会萃，核其异同，而审其详略，自非轮材末学能与于此。且其文亦多瑰伟怪丽，人世所罕见，前代选家所未备。是以博学君子，咸贵重之。"① 对榆阳区古代碑刻艺术博物馆新藏志，亦当作如是观。陈寅恪在《陈垣〈敦煌劫余录〉序》中指出："一时代之学术，必有其新材料与新问题。取用此材料，以研求问题，则为此时代学术之新潮流。治学之士，得预于此潮流者，谓之预流（借用佛教初果之名）。其未得预者，谓之未入流。此古今学术史之通义，非彼闭门造车之徒，所能同喻者也。敦煌学者，今日世界学术之新潮流也。"② 陈寅恪此文写于20世纪前半叶，故特标举敦煌学，饶宗颐《法国远东学院藏唐宋墓志拓本图录引言》一文中则说："向来谈文献学者，辄举甲骨、简牍、敦煌写卷、档案四者为新出史料之渊薮。余谓宜增入碑志为五大类。碑志之文，多与史传相表里，阐幽表微，补阙正误，前贤论之详矣。"③ 榆阳区古代碑刻艺术博物馆藏志为文献宝库的第五大类史料即"碑志之文"又增加了新的藏品。

通过对这些第五大类文献进行录文整理，可以为中古隋唐历史、社会、文学、艺术包括丝路文化的研究提供丰富的新材料、新个案，拓展文史研究的空间，因为新出文献中仅仅人物传记部分就"数倍于两《唐书》纪传人物的传记资料"④。借整理《榆阳区古代碑刻艺术博物馆藏志》，穿越漫长幽深的时间和空间，触摸有温度的历史细节，考察重要

---

① 〔清〕王昶：《金石萃编》，陕西人民美术出版社1990年版，第1—2页。
② 陈寅恪：《陈垣〈敦煌劫余录〉序》，见陈寅恪：《陈寅恪集·金明馆丛稿二编》，生活·读书·新知三联书店2001年版，第266页。
③ 饶宗颐：《唐宋墓志：远东学院藏拓片图录》，中文大学出版社1981年版，第3页。
④ 胡戟：《〈珍稀墓志百品〉序》，陕西师范大学出版总社2016年版，前言第1页。

事件的发生现场，聚焦古人对死亡的情礼百态，调整因史料缺乏而板滞的宏大叙事，细化并深化有更多高清像素的历史图景。我和我的团队为有这样的历史际遇而庆幸，也愿意竭诚努力，不辱使命。

二

收入《摩石录》一书中的主要是馆藏文物取样的部分成果，具体可分为两组：一组主要针对士人知识分子的墓志，另外一组则针对古代少数民族及入华外族人的墓志、塔铭，与史家陈寅恪所谓"塞表殊族"有关，属于当代所谓中西交通、西域学或丝绸之路研究。各篇讨论的主要问题及初步结论如下：

1.《新发现唐李百药墓志铭及其价值》

新发现唐初史学家、诗人李百药墓志铭，对墓志铭进行了录文和初步整理，根据墓志及史传资料，对赵郡李氏汉中房支进行重新阐释，通过丧葬地的变化观察汉中房支迁徙的细节。利用此志对李百药的生卒年及年龄重新订正，同时重新简评李百药的文学创作。

2.《唐代士族转型的新案例：以赵郡李氏汉中房支三方墓志铭为重点的阐释》

孤立起来看，《李百药墓志铭》仅提供了初唐社会文化政治的部分碎片信息；但若将其与李百药祖父母的墓志（《李敬族墓志铭》《赵氏（兰姿）墓志铭》）联系起来对读，信息量就更大。新出隋唐文物文献甚夥，如能做进一步梳理，并能结合传世文献，不仅能做史料比勘，而且能做细致的史学分析，其意义将会逐渐显示出来，新文献的价值也会逐渐为人们所认知。

陈寅恪以赵郡李氏西祖房即李德裕祖孙丧葬地及祖茔所在分析山东高门大姓的变与不变,本文重点讨论李氏汉中房支丧葬地的改变。表面上看,似有模仿之嫌。但若注意到陈氏所选个案在中唐时代,与"唐宋变革论"的宏大叙事合。本文所举案例在隋唐之际,似乎与流行的社会政治史叙述模式同中有异。

作者拈出"转型"一语的微意,就是试图在已有的叙述话语系统和错综复杂的新史料之间建立某种关联性。众所周知,"唐宋变革论"是以中唐作为社会变迁的开端,而在笔者看来,这个起点似可上推。笔者所选的这个案例以及毛汉光的系列研究已经证明,以丧葬地的改变来表征家族活动中心的变化,并不始于中唐,甚至也不始于初唐,在西魏北周或更早就已出现,这样"中央化"或转型的开始也随之可以朝前推,只不过这种变化并不是暴风骤雨,而是潜转暗换,而且还有数量上的多或少、规模上的大或小、性质上的显或隐的区别。

对士族转型或整个中古社会转型有重大影响的一系列变迁在初唐时期已露端倪:一是从乡村向城市的转变,即中古社会的城市化趋势。二是从南向北的迁徙流动。永嘉之乱,晋室渡江,大姓世族亦随之南迁,南朝自恃为正朔所在。隋末唐初以来,士人为了仕进,又由南返北,并将丧葬地及家族活动的中心迁到了长安、洛阳一带。三是从桑梓故里向政治文化中心的转变,即毛汉光所谓"中央化"趋势。四是由经学世家向文史政事家族的转变。五是由文史家族向文学词臣家族（陈寅恪所谓"进士词科阶层"）的转变。这几点均与李德林、李百药家族有关。六是由察举制向科举制的转变。此一转变与前列各点多有交叉重叠，出现于隋，制度化于初盛唐，对唐代乃至整个前现代的中国都发生重大影响，也是士族转型及中古社会转型的重要推手。

3.《冯五娘墓志铭录文与释读》

据新发现褚遂良撰文并书写的《随故左御卫大将军涿郡留守长安县开国公薛府君妻故冯夫人墓志铭》（简称"《冯五娘墓志铭》"）可知，冯夫人五娘无论是其夫家还是其娘家，都是累世显贵。特别是其子薛万均、薛万彻、薛万备，对李唐王朝建基贡献卓著。薛万均在唐太宗心目中地位极高，令其难以忘怀，故其母冯五娘病逝，由当朝知名文臣和书家撰文并书志，应该是顺理成章的。由墓主人冯五娘卒葬事件，可以考知本志撰写于贞观十二年二月廿六日至五月十三日之间，书志也应在这段时间，其时褚遂良在起居郎任上。

考褚遂良书法创作，本志应该是存世的褚遂良碑志类作品中最早的一篇，体现的是他前期的文风和书风。本志的出土应能引起书法界和文史学界的浓厚兴趣和热烈讨论。笔者在本文仅仅是发布新材料，不具体介入褚遂良书艺的深入讨论。

4.《新发现唐初乐律学家祖孝孙墓志铭释读》

新见《祖孝孙墓志铭》对隋末唐初音律学家祖孝孙的任职迁转有较详细的记载。《旧唐书》本传等传世史料没有记载祖孝孙的生年及寿数，但《祖孝孙墓志铭》有详细的记载，据卒年贞观五年

(631），享年七十，来逆推其生年应该是北齐太宁二年（562）。墓志铭对祖孝孙在隋末唐初音律所做独特贡献也有详细叙述，与传世文献对读，可以深化并细化现有的研究。

5.《新见李白姻亲宗氏夫人墓志考略》

陕西榆阳区古代碑刻艺术博物馆藏有唐代宗氏夫人墓志一盒，包括墓盖和墓志两部分。其中墓盖长39厘米，宽39厘米，厚5厘米。墓志长41.5厘米，宽41.5厘米，厚10厘米。墓盖用篆体，题为《唐故夫人宗氏墓志铭》。墓志题为《故主爵郎中彭州刺史李偡妻南阳郡君宗氏墓志铭》(以下简称为《宗氏墓志铭》）。据志文知，墓主人是宗楚客的二女儿，与诗人李白有姻亲关系。本志对宗氏世系的叙述可以补新、旧《唐书》的不足与错讹，对深化李白生活与创作也有裨益。

6.《新发现唐代刻石名家邵建和墓志整理研究》

新发现的《邵建和墓志铭》对我们了解唐代石刻艺术家邵建和及其家族有重要意义，同时还可以细化并深化对唐代刻工及石刻艺术家群体的了解。新出史料与传世文献互相印证，可以得出几个初步结论：首先，墓主邵建和的卒年及年龄有确切的记录，可以补史之不足。其次，对墓主的卒葬地的记录清晰准确。第三，对邵建和家族和醴泉邵氏世系有一个简明的勾勒。第四，对唐代石刻艺术名家的简要罗列，给我们提供了一个从初唐到中晚唐石刻刻工的简单谱系。有趣的是，其对初唐以来的刻石名家多所提及，唯对同时代的天水强氏家族不着一字。第五，唐代是中古家族史发展的一个极其重要的阶段。世胄阀阅类家族逐渐式微，但寒庶技艺类家族的社会地位有了明显的提升。以石刻刻工行业而言，《邵建和墓志铭》述及的邵建和、邵建初兄弟，以及子侄辈的邵宗异等，此外还有天水强氏家族的强琼、强琮、强演、强审、强颖等，均可以成为支撑此观点的一个有力证据。

7.《新见唐代吐谷浑公主墓志的初步整理研究》

本文对新见吐谷浑慕容氏成月公主的墓志进行了录文和初步整理，并就这一新出文献与弘化公主墓志、法澄塔铭对读，对与此相关的吐谷浑研究、唐代贵族女性修佛、长安寺庙研究等进行推展，得出几个初步结论：一，成月公主当系吐谷浑诺曷钵与弘化公主所生，为其次女，生于贞观二十年（646），卒于总章元年（668），享年二十三岁。幼时即入唐代长安的兴圣尼寺修习，卒于寺内，葬于明堂县（今陕西省西安市长安区）少陵原。二，诺曷钵至少育有五子二女，而一般的研究者仅提及其有三子。又，传世文献对弘化公主下嫁诺曷钵的时间与出土的《弘化公主墓志》不同，笔者以为，应以墓志为准，至少交代分歧，两说并存。三，成月公主所修习的兴圣寺虽是一个尼寺，但与一般的尼寺似有较大区别，其地理位置在长安外郭城通义坊，距皇城、宫城较近，在政治上与统治阶级高层关系密切，高祖舍宅，太宗立寺，玄宗巡幸并任命寺主，在教义上当属华严宗，故寺内有寺主法澄绘制的《华严海藏变》。而法澄圆寂后所葬的马头空，应是将其葬于马头空的窟室内，也就是中古时期僧人常采用的石室瘗窟法。

8.《新出唐代粟特人双语塔铭汉文部分释读》

第一，新出《大唐故安优婆姨塔铭并序》采用汉文和粟特文双语书写，考虑到新见双语墓志的数量有限，特别是有粟特文的墓志更少，故其对深化方兴未艾的入华粟特人研究乃至丝绸之路研究，都有极其重要的意义。

第二，因本塔铭是征集而来，已经无法复原文物出土地点，且有相当程度的风化磨损，故文物与其遗址的许多信息都无考。学术研究中能推进处是将此方塔铭与已经出土的其他新文献及传世文献进行对照比勘，另外也期待通过汉文部分与粟特文部分的互相比较释读来抉发新意。

第三，仅据塔铭能辨认的汉文内容，仍能提供很多新史料。此安姓优婆姨当是昭武九姓的安国人，即所谓粟特人，但其先世已迁居凉州姑臧。她在长安的私第在外郭城西的群贤坊，其地毗邻西市，有不少外族人集中居住。她没有像其他粟特人一样崇信祆教，而是信奉在当时与后世多被视为佛教异端的三阶教。她的葬法也有些异乎寻常。卒后采用林葬起塔，与其他僧俗信众一起，陪葬在三阶教创始人信行塔的旁边。

第四，本塔铭的汉文部分有不少残损缺漏，故本文的初步研究只不过是新文献的发布而已，期待学界更多人的关注。更深入的成果，还有待同行的共同努力。

9.西安新见两方回纥贵族墓志的初步考察

本文对新见的两方回纥贵族墓志进行录文整理，并结合已出文物和相关传世文献，做一点初步的考察和解释。作者首先对两方墓志铭进行对读，分别就相关联的丧葬时间、丧葬地点、两个墓主的关系、两方墓志的作者等问题进行讨论。然后将这两方墓志与已出其他回纥人墓志比较，主要集中在以下几个相关的问题上：一是"回纥"与"回鹘"名称问题，二是几位旅居长安回纥人的寿数，三是回纥人在长安的葬地，四是旅居长安回纥人的丧葬资费，五是旅居长安回纥人在长安的居所，六是旅居长安回纥人的身份，七是几方墓志提及唐与回纥贵族的婚姻，八是回纥人墓志的文体特征和写作风格等。

这两方新出回纥贵族墓志的内容极丰富，与此前出土的三方墓志的关系也极密切，但不少问题颇复杂，需要进行深入的专题研究。笔者较早看到这组新文献，希望能引起相关领域专家的关注，做出更专精更深入的成果，用新史料和新文献推进回纥（鹘）史的研究。

王国维总结宋代金石学研究的经验："既据史传以考遗刻，复以遗刻还正史传，其成绩实不容蔑视也。"[①] 本集对部分墓志的初步整理秉承并发挥地下文物与地上文献"往复互证"的原则，同时采用新文物之间"比较互见"的方法。目前所做的工作，仅仅是馆藏文物中部分藏品的初步整理和释读，犹如地质勘探中试钻的岩石取样、野外采集中的标本展示，不能代表全部。但管窥蠡测，也可以让大家对整个藏品多一份向往。因为学科所限，本人目前所做的并不是

---

① 王国维：《宋代之金石学》，见谢维扬、房鑫亮主编：《王国维全集》第14卷，浙江教育出版社2009年版，第320页。

系统全面的专门研究,只不过是学术新信息的阶段性发布和公开。坦率地说,我看重的并不是个人的具体结论,而是及时将博物馆和收藏家秘藏的新文物,搬运到文史学界,奇物共赏,疑义相析。嘤其鸣矣,求其友声,希望能引起更多同道的关注。

三

关于碑刻文献研究的历史,清人陈彝曾说:"从知华屋即山丘,桂翠兰香影不留。毕竟古人能好事,摩挲片石已千秋。"① 其实古人研究金石不止千年,应该说有了金石,就有金石的研究。早在六朝,梁元帝就曾撰《碑集》100卷②,应该是碑刻著录研究的开始。

但习惯上认为,作为一门独立的学问,金石学成立于宋代。王国维是这一种观点的代表人物,他认为:"金石之学,创自宋代,不及百年,已达完成之域。……故宋人于金石、书画之学,乃陵跨百代。近世金石之学复兴,然于著录、考订皆本宋人成法,而于宋人多方面之兴味反有所不逮。故虽谓金石学为有宋一代之学,无不可也。"③ 除欧阳修之外,赵明诚也是宋代金石学的代表人物,他在《〈金石录〉序》中说:"盖窃尝以谓《诗》《书》以后,君臣行事之

---

① 桂邦杰:《江都县续志》卷十五《金石考》,《隋张通妻陶贵墓志》跋引清陈彝诗,钱祥保修,民国二十六年(1937)据民国十五年(1926)刻板重印本。
② 〔梁〕萧绎:《金楼子校笺》卷五《著书篇》,许逸民校笺,中华书局2011年版。
③ 王国维:《宋代之金石学》,见谢维扬、房鑫亮主编:《王国维全集》第14卷,浙江教育出版社2009年版,第321页。

迹，悉载于史，虽是非褒贬出于秉笔者私意，或失其实，然至其善恶大节有不可诬，而又传之既久，理当依据。若夫岁月、地理、官爵、世次，以金石刻考之，其抵牾十常三四。盖史牒出于后人之手，不能无失。而刻词当时所立，可信不疑。"①

清代应该是金石学的第二个高峰。康有为从书法的帖学与碑学的转型来论述学术思潮之转变："碑学之兴，乘帖学之坏，亦因金石之大盛也。乾、嘉之后，小学最盛，谈者莫不藉金石以为考经、证史之资，专门搜辑，著述之人既多，出土之碑亦盛。于是山岩屋壁，荒野穷郊，或拾从耕父之锄，或搜自官厨之石，洗濯而发其光采，摹拓以广其流传。若平津孙氏，侯官林氏，偃师武氏，青浦王氏，皆缉成巨帙，遍布海内。其余为《金石存》《金石契》《金石图》《金石志》《金石索》《金石聚》《金石续编》《金石补编》等书，殆难悉数。故今南北诸碑，多嘉、道以后新出土者，即吾今所见碑，亦多《金石萃编》所未见者，出土之日多可证矣。出碑既多，考证亦盛，于是碑学蔚为大国。适乘帖微，入缵大统，亦其宜也。"②康氏虽然是从书学的视野看金石学，但也能看出当时金石学的兴盛了。他的全书通论书道、书史和书艺，但仅目录就专列了尊碑第二、购碑第三、碑品第十七、碑评第十八等四个专题讨论，可见其对碑学的重视程度了。

---

① 〔宋〕赵明诚：《金石录》，刘晓东、崔燕南点校，齐鲁书社2009年版，序第1页。
② 祝嘉编：《广艺舟双楫疏证》尊碑第二，中华书局1979年版，第15页。

钱大昕在为毕沅《关中金石记》作序时说："金石之学，与经史相表里……，盖以竹帛之文，久而易坏，手抄板刻，辗转失真，独金石铭勒，出于千百载以前，犹见古人真面目，其文其事，信而有征，故可宝也。"①又称："盖尝论书契以还，风移俗易，后人恒有不及见古人之叹。文籍传写，久而踳讹，唯吉金乐石，流转人间，虽千百年之后，犹能辨其点画而审其异同，金石之寿，实大有助于经史焉。"②

20世纪以来，西学东渐，欧风美雨鼓荡，潮流所及，学风亦为之不变。河南安阳新出之甲骨，陕西周原新见之钟鼎，特别是陇海铁路的修建，使沿线地下文物被挖掘。张钫先生收集民间散落的碑志，安置于洛阳新安，遂有千唐志斋的藏石，他还请当时学界泰斗章太炎题写藏石的斋名。1949年之后，新旧政权鼎变，文教事业亦旧貌换新颜，但因五六十年代的农田水利建设、八十年代的城镇化建设，特别是方兴未艾的"铁（路）公（路）机（场）"建设，使得包括墓志在内的地下文物密集出土。这是国家基础建设的副产品，但也是学术研究的基本材料。

因为新材料的"井喷式"出现，传统的金石学在现代非但没有衰落，反倒又有一次新的复兴，数量巨大，内容繁多，新文物出土的消息、新研究成果的论著频见于报纸、杂志和各种专书中，可以将此看

---

① 钱大昕：《潜研堂文集》卷二五《关中金石记序》，见陈文和主编：《嘉定钱大昕全集》（增订本），凤凰出版社2016年版，第383页。
② 钱大昕：《潜研堂文集》卷二五《山左金石志序》，见陈文和主编：《嘉定钱大昕全集》（增订本），第384—385页。

作继清代以来金石学的第三次兴盛。但此次与前两次高峰还是有许多差别，最重要的一点就是，本次金石学的发展，适与西学的引进，现代中国学术的建立同步，特别是金石学不再是传统博物志中的一个门类，而是摇身一变，成为考古学中出土的文物，随着发掘工具特别是检测分析仪器的日新月异，尤其是遗址景观学、年代学、材料学、人类学等理论和方法的引入，文物保护与复原技术的成熟，包括墓志在内的地下出土，不再仅仅被视为一件奇货可居的古董，而更多的被看作是掩埋在地下的大历史的碎片。我以为，这也是真正实现人文学术现代化的一个重要的历史契机。当然，能否抓住这一契机，完成中国现代学术的转型，需要学术共同体中几代人的共同努力。

　　以我熟悉的师友而言，胡戟先生注重新文物的收集保护，陈尚君先生注重新材料与传世文献的互证，胡可先生注重新材料与文学的关联性，荣新江先生注重新材料与域外文化的关联性，周伟洲先生注重新材料与境内民族的关系，李健超先生注重新文献中的历史地理信息，葛承雍先生注重新材料中的艺术史元素，程章灿先生注重新文献与金石学义例研究，吴敏霞先生注重地域性新文献的搜集整理……这个名单还可以继续开具，我不熟悉的专家的研究视野与面相更多，这里不一一罗列。①

---

① 仅由中国文物研究所策划的《新中国出土墓志》就有煌煌十九巨册，由文物出版社从1994年开始陆续推出，到2009年也仅出了河南、河北、陕西、江苏、重庆、上海、天津等部分省市的出土墓志。另外，由毛汉光撰写的《唐代墓志铭汇编附考》共十八册，作为史语所专刊推出，也是一项历时既久、颇见功力的世纪工程。其他专题研究、专项研究的成果更多，此处不一一罗列。

关于碑刻的分类及其作用，程章灿先生将石刻文献分为七种类型：第一种，墓碑，或者说碑刻；第二种，墓志；第三种，石经；第四种，题名、题刻；第五种，摩崖；第六种，刻帖；第七种，杂刻。石刻文献有三种形态：第一种形态是石刻实物本身，第二种形态是拓本，第三种形态则是录文。他还认为，石刻研究有三个层次（或者说有三个方向）：第一个层次，史料学研究，即把石刻当作一种史料，当作一种文献；第二个层次，史学研究，是在史料学的基础上再往前走一步；第三个层次，文化研究。①

古人讲的金石，今人讲的石刻都是较大的概念，自有其理路，我们这里不作评议。如果我们将其中的志幽文字单独抽出来，也就是常说的碑记、墓表、墓志、塔铭之类，单独从考古学、金石学或文献学任何一个学科来规范限定，都未免过于狭窄。通过对墓志的考察整理，我认为有必要正面思考和关注古人对冥界的布置与经营。古人将他们在人世间取得的文明成果用于对自己或祖先在冥界安息之所的营构，同时竭力凿通对天界的想象和梦想，从广谱的交叉科学角度来进行挖掘和研究，至少涉及以下五个领域及其相关学科：

一是生命伦理学。唐代墓志的生命理念从阴阳两隔到生死仙三界的打通，墓志设立从权贵专享到全民普配，墓志文体从整饬呆板到自由多样，二百多年有很多变化。但也有一直不变的，这就是对生命的各种咏叹和对亡灵世界的多样悬想、猜测、幻视。如果

---

① 程章灿：《石刻研究的基本问题》，《湖南科技学院学报》2015年第7期。又可参见微信公众号《程门问学》。

说，对墓主人去世前的治疗、陪护是属于临终关怀的话，那么，在去世后的卒葬环节的礼仪、每年岁时节令的祭奠缅怀，就应该是终后关怀。南宋范成大《重九日行营寿藏之地》："家山随处可行楸，荷锸携壶似醉刘。纵有千年铁门限，终须一个土馒头。三轮世界犹灰劫，四大形骸强首丘。蝼蚁乌鸢何厚薄，临风抔掌菊花秋。"① 由行经生圹引出对死亡的宗教哲学思考，这种思考的材料既源于《庄子·杂篇·列御寇》中的感慨②，也有对唐代王梵志打油诗的胎息③。

二是遗址景观学。墓地与陵寝首先涉及选址，其次涉及营造，主要与堪舆学相关，但地面矗立或隆起的堆土及建筑，地下空间的开拓，冥物摆放与分布，等等，涉及景观学、建筑学、仪式学，既丰富也复杂。巫鸿认为，当我们单独讨论墓葬中出土的玉器、青铜器、画像砖石等等时，它们作为一个墓葬的整体性意义便也弥散掉

---

① 〔宋〕范成大：《范石湖集》卷二十八，富寿荪标校，上海古籍出版社2006年版，第390页。
② 《庄子·杂篇·列御寇》："庄子将死，弟子欲厚葬之。庄子曰：'吾以天地为棺椁，以日月为连璧，星辰为珠玑，万物为赍送。吾葬具岂不备邪？何以加此！'弟子曰：'吾恐乌鸢之食夫子也。'庄子曰：'在上为乌鸢食，在下为蝼蚁食，夺彼与此，何其偏也。'以不平平，其平也不平；以不征征，其征也不征。明者唯为之使，神者征之。夫明之不胜神也久矣，而愚者恃其所见入于人，其功外也，不亦悲乎！"（〔晋〕郭象注、〔唐〕成玄英疏：《南华真经注疏》卷十，曹礎基、黄兰发点校，中华书局1998年版，第600页。）
③ 王梵志诗《城外土馒头》："城外土馒头，馅草在城里。一人吃一个，莫嫌没滋味。"又《世无百年人》："世无百年人，强作千年调。打铁作门限，鬼见拍手笑。"（〔唐〕王梵志：《王梵志诗校辑》，张锡厚校辑，中华书局1983年版，第195页、第199页。）

了。他从空间性、物质性、时间性三个比较观念性的角度,阐释了中国墓葬艺术从史前一直到宋辽金这漫长时段中的历史变迁,也具体呈现了他尝试建立的一套系统处理和理解考古材料的理论方法,从而生动地向我们展示出中国古人对"生"与"死"这一人生基本问题的看法和实践。①

三是丧葬人类学。丧时与葬时,丧地与葬地,权厝之地与永葬之地,在古代既涉及制度的规定,又与礼俗习惯相关。

《论语·为政》:"子曰:生,事之以礼;死,葬之以礼,祭之以礼。"②《荀子·礼论》:"礼者,谨于治生死者也。生,人之始也;死,人之终也;终始俱善,人道毕矣。故君子敬始而慎终。终始如一,是君子之道,礼义之文也……故丧礼者,无它焉,明死生之义,送以哀敬而终周藏也。故葬埋,敬藏其形也;祭礼,敬事其神也;其铭诔系世,敬传其名也。事生,饰始也;送死,饰终也;终始具而孝子之事毕,圣人之道备矣。"③《通典》中具体记录了墓志石在葬礼过程中的顺序:"陈器用:启之夕,发引前五刻,挝一鼓为一严。陈布吉凶仪仗,方相、志石、大棺车及明器以下,陈于柩车之前。""器行序:彻遣奠,灵车动,从者如常,鼓吹振作而行。先灵车,后次方相车,次志石车,次大棺车,次辂车,次明器舆,次下帐舆,次

---

① 〔美〕巫鸿:《黄泉下的美术:宏观中国古代墓葬》,生活·读书·新知三联书店2010年版第7—11页。
② 〔清〕阮元校刻:《十三经注疏·论语注疏》卷二,中华书局2009年版,第5346页。
③ 〔清〕王先谦:《荀子集解》卷十三,沈啸寰、王星贤点校,中华书局1988年版,第358—359页、第371页。

米舆,次酒脯醢舆。"① 故有学者称中古的丧葬礼俗与制度是"终极之典"②。

四是图绘现象学。碑刻上的图案、纹饰、字体、字号、色彩,壁画及其他明器上的相关图绘③,还有独具特色的书法,以及由此形成的书法流派。仅就唐墓壁画题材而言,王仁波分为仪仗、社会生活、狩猎、生产、建筑、星象、四神等七类。④ 李星明则分为两类:一是表现贵族宅邸(或宫苑)的现实性图像系统,另一是表现宇宙时空的宇宙图像和表示升仙、吉祥或厌胜的神瑞图像所构成的图像系统。⑤ 康有为从书法学的角度谈之所以尊唐碑的五大理由:"尊之者,非以其古也,笔画完好,精神流露,易于临摹,一也;可以考隶、楷之变,二也;可以考后世之源流,三也;唐言结构,宋尚意态,六朝碑各体毕备,四也;笔法舒长刻入,雄奇角出,迎接不暇,实为唐、宋所无有,五也。有是五者,不亦宜于尊乎?"⑥ 近年来在西安及其周边新出的包括粟特人在内的外族人墓志、塔铭,已经引起艺术史界的浓厚兴

---

① 〔唐〕杜佑:《通典》卷第一百三十九《礼》九十九《开元礼纂类》三十四《凶礼》六,王文锦、王永兴、刘俊文等点校,中华书局1988年版,第3536页、第3539页。
② 吴丽娱:《终极之典:中古丧葬制度研究》(全二册),中华书局2012年版。
③ 林圣智:《中国中古时期的墓葬空间与图像》,见颜娟英主编:《中国史新论:美术考古分册》,联经出版公司2010年版。
④ 王仁波《隋唐时期的墓室壁画》,见宿白主编:《中国美术全集·绘画编·12·墓室壁画》,文物出版社1989年版,前言第21—34页。
⑤ 李星明:《唐代墓室壁画研究》,陕西人民美术出版社2005年版,第128—136页。
⑥ 祝嘉编:《广艺舟双楫疏证》尊碑第二,中华书局1979年版,第15页。

趣,也产生了不少有意义的成果。

五是碑刻文献学。有人又称作石刻文献学,但后者概念应该更宽。这方面大家谈得很多了,成果也很丰盛,故这里从略。

从这样宏阔广域的视野看墓志或石刻文献乃至传统的金石学,我们已经做的工作及其开拓,真是太少了,太狭隘了。张怀瓘《书议》:"夫翰墨及文章,至妙者皆有深意,以见其志,览之即令了然。若与面会,则有智昏菽麦,混白黑于胸襟;若心悟精微,图古今于掌握。玄妙之意,出于物类之表;幽深之理,伏于杳冥之间。岂常情之所能言,世智之所能测。非有独闻之听,独见之明,不可议无声之音、无形之相。"①

墓志碑碣的研究虽是小道,但它涉及古人对冥界立体多元的规划设计和营造制作,既有观念层面的,又有技术层面和材料层面的,还有艺文美术层面的,与现代广域的宗教学、人文学、社会科学、技术科学、材料科学息息相关,关涉"古今学术史之通义"的"大事因缘"②。对于有志于从事人文学科的研究者而言,广阔天地,大有作为。

四

启功先生评述包世臣的《艺舟双楫》时说道:"横扫千军笔一

---

① 张怀瓘:《书议》,见陈尚君辑校:《全唐文补编》卷三十九,中华书局2005年版,第473页。
② 这两个概念分别见陈寅恪的《陈垣〈敦煌劫余录〉序》及《冯友兰〈中国哲学史〉下册审查报告》,见陈寅恪:《陈寅恪集·金明馆丛稿二编》,生活·读书·新知三联书店2001年版,第266页、第282页。

枝，艺舟双楫妙文辞。无钱口数他家宝，得失安吴果自知。"① 启功先生肯定了包世臣的书论而挖苦其书艺。以启功先生的资历与成就，当然有资格臧否前人。

这里拟提及另外一个更技术性的问题，即碑刻的作伪与辨伪问题。较新的成果有刘大新、海国林的《碑帖拓本辨伪》一书②，该书第一部分专列碑帖鉴定内容和要领、碑帖拓本真与伪的鉴别两节。该书的重点在于讨论拓本，其实作伪与辨伪还有另外一个方面，那就是原石（原碑、原志）的作伪与辨伪。清人陈介祺谈金石辨伪时曾说："古学之长，必折衷于理，博而不明，不能断也。辞赋之胜，亦必以理；汉学之杂，必择以理。读古人之字，不可不求古人之文；读古人之文，不可不求古人之理，不可专论其字，窃向往之而愧未能也。"③ 求其字已经不易，求其理更不容易。何况这不仅仅是讲原理的问题，而是一件一件鉴别原物的问题，既考验学人的识见，也检测学人的手眼。既需要物理仪器和化学分析，也需要学人的综合实力。晚近以来，与新出土文献相关的几件事，如20世纪70年代

---

① 启功：《论书绝句》二〇，生活·读书·新知三联书店1990年版，第42页。
② 刘大新、海国林：《碑帖拓本辨伪》，学苑出版社2009年版。
③ 〔清〕陈介祺：《簠斋鉴古与传古·辨伪分论》，陈继揆整理，文物出版社2004年版，第32页。

的《坎曼尔诗笺》辨伪[①]，以及最近仍在讨论的《李训墓志》真伪[②]，都不好架空高论，应该就具体案例、具体问题，做具体分析。郑良树《古籍辨伪学》一书曾述及："踏入五十年代，特别是晚近一二十年，古籍辨伪学似乎有朝转另一个新方向的趋势——平实、严密及谨慎。尽管产生了另一种现象——若干伪托的古书被'平反'，若干传统的说法被肯定，看来似乎趋向'保守'和'退步'……不过，细心考察了他们辨伪的态度和方法后，我们与其说是对今文学派及古史辨学派有所不满而产生的一种反动，毋宁说是学术由粗而细、由疏而密、由泛而精的一种进步趋势，是一种可喜的征兆。""今日学术界如果能顺此大势，以平实的态度、严密的方法、谨慎的论断及周备的论证来处理古籍真伪的问题，则我浩翰古籍幸甚矣。"[③]郑先生讨论的重点是传世文献，其实对新出文献也应作如是观。

藐予后学，艺能既无，学识又谫陋，自知属于"轻材末学"。之所以对此项目念兹在兹，不避愚钝，实因机缘凑巧，地不爱宝，天降斯任。虽拖延再三，然终未能弃。金启琮先生曾说："余所以孜孜为此，颇有心为未来学者斩棘披荆，而无意与当代方家争光竞耀。盖人所能者我不必以不能为愧，我致力处亦不必因人之不屑为羞，

[①] 可参见杨镰：《〈坎曼尔诗笺〉辨伪》，《文学评论》1991年第3期。以及刘重来：《一桩蒙蔽了史学大师的作伪事件——〈坎曼尔诗笺〉现形始末》，《博览群书》1993年第7期。

[②] 可参见辛德勇：《由"打虎武松"看日本国朝臣备的真假》，2020年1月13日，中国经营网。

[③] 郑良树：《古籍辨伪学》，台湾：学生书局1986年版，第209页、第229页。

盖学术与一时风尚不必尽同也。"①金先生的话虽朴实，然暗合中外学术发展之规律，置于当下学界，不啻洪钟巨响，能否警醒世人，不敢妄言，但实慰我心。

前文已经反复致意，因阴阳两隔，幽明不同，逝者已殁，令其长眠安卧，是生者的责任和义务。此即《葬经》所谓："葬者，乘生气也。"②但沧海桑田，陵谷巨变；天不吝宝，人欲汹涌。我们这一代虽然能比乾嘉诸老看到更多的本应秘藏冥界的志幽文字，究竟是幸焉，抑或不幸焉？③我不能言。但既然已经出土，我们就有责任尽量收集保护，并略作粗浅解说，以便最大程度上减轻我们的愧疚与罪愆。我个人及本书所能做的，也仅仅如此而已。

（本文为拙著《摩石录》代前言）

---

① 金启孮：《清代蒙古史札记》，内蒙古人民出版社2000年版，序。
② 〔晋〕郭璞：《葬经笺注》，吴元音注，中华书局1991年版，第1页。
③ 罗新《新出墓志与现代学术伦理》（见2008年3月6日《南方周末》第24版）也谈及此点，并且上升到学术伦理的高度，可惜罗文我最近才从网上读到。我自己在2013年大唐西市石刻文献学术研讨会议的发言中也意识到此点，成文收入拙著《课比天大》，生活·读书·新知三联书店2014年出版。

教坛边

大雅：传统文化视域中的高等教育资源

> 大雅久不作，吾衰竟谁陈？
> ——李白《古风五十九首》其一

　　一般认为，现代大学教育或高等教育起源于欧洲。最早的大学可以追溯到创建于 1087 年的意大利博洛尼亚大学，而现代学术型的大学起源于德国洪堡大学。中国的现代大学教育则与清末新式学堂的出现有关。这似乎已成为毋庸置疑的常识，笔者无意于挑战高等教育史上的这些基本共识。治教育史而博学者，言必称洪堡者在在不少，更有"开谈不说 MIT（麻省理工），读尽诗书也枉然"者。当下开展的"双一流"建设，更助推了中国的现代大学向世界一流大学的基准看齐，而一流大学的标准似乎就是对国外大学先进理念与实践的认知。

　　本文拟进一步思考的问题是，前现代的中国有无自己的高等教育？如果有，其理念与实践对当代高等教育的改革与"双一流"建设有无启示？如果无，那么至少三千年以来不同历史时期的高等级人才培养或精英人才培养，有何经验教训值得反思？中国当前的高等教育改革除了横向移植外，可否也能做一点纵向借鉴的实验与尝试？

一、刻意回避本土资源的20世纪高等教育

19世纪末20世纪初，维新派鼓吹废除科举，兴办（新式）学堂，这确实是"三千年未有之大剧变"，在当时及后来都引起很大的震动。有学者甚至说，清朝帝制的灭亡，不是亡于武昌首义的新军，而是亡于被断绝了仕进通道的士人举子。因与本论题关系不大，此不枝蔓赘述。但是，学者在论述时多将科举作为新式教育的对立物，则是应该商榷的。应该说，一废一兴，两者自然有错综复杂的关系，但废科举与兴学堂是并列关系，而不是对立（对举）关系。循名责实，科举作为旧式的选人用人制度，与它对立的是新式的程序正义、唯才是举的新型人才选拔制度。而新式学堂作为新式的学校制度或人才培养机构，与它对立的是旧式的学校制度或古典的教育制度。因为仇视科举，废止了科举，连类而及，同时将为科举培养人才的教育机构也全盘否定了。在倒脏水时，连澡盆中的孩子一起倒掉了，以此表示咸与维新，与旧制度做彻底的决裂。此后，无论是民国时期高等教育初创期的全盘欧美化，还是新中国成立后高等教育再生期的全盘俄苏化，都是将古典教育制度作为批判对象。若同中求异，20世纪初的破旧立新，仅仅将本土的古典教育作为靶标，而20世纪中叶的再次除旧布新则将古典（封建主义教育）与欧美（资产阶级教育）统统视为靶标。20世纪70年代末恢复高考，虽恢复了新一轮

向欧美高等教育学习，但迄今仍未敢理直气壮地提出向本土的古典教育学习，所以对教育界而言，这种恢复与开放仍然是有限度的。

当下高等教育的深化改革，如果仅仅取法于中国现代高等教育资源，一百多年的河流短暂而清浅；如果还能取资欧洲中世纪以来的西方古典大学教育史，一千多年的时间之河上水光潋滟，山色空蒙，看起来似乎也不错；但如果溯流而上，沿波讨源，从前现代的本土文化中发现教育资源，我们既能看到下游的茫茫九派，壮阔波澜，又能追溯到上游复杂多样的水文地貌。滥觞处也许不是标准的河流，仅仅是一块广袤的湿地，但它涵养着水源，蕴藏着各种濒危的动植物标本，这是本土教育资源的原生态，也是本土文化的基因库。

"六载观摩傍九夷，吟成欱舌总猜疑。唐贤读破三千纸，勒马回缰作旧诗。"（闻一多《废旧诗六年矣。复理铅椠，纪以绝句》）被尊称为现代新诗主将的闻一多，在海外留学多年，学习西方的美术和文学，但并未忘怀传统的文学形式，于1925年在纽约时写下此诗。值得注意的是，他的"勒马回缰"，不是一般人理解的回国后要谋生、要在高校教书搞研究才有此想。被认为是新文学创作中最有成就的、也最激进的闻一多先生能够"不薄今人爱古人"，一个世纪后的高等教育研究者可否适度屈尊，勒马回缰，回顾并反思一下中国高等教育演进的过程。

在笔者看来，毫无疑问，前现代的中国有自己的古典型的高等教育或大学教育。它们不光承担了那个时代传承文明、创新知识、培养人才的使命，而且也有许多行之有效的理念、方法和实践，可以通过转化性地创造,转换成现代高等教育发展可供选择的资源。这对于突破当下高等教育改革的瓶颈,消弭人们对高等教育的种种歧见和误解,引领未来中国高等教育走上充满自信的向上一路,将会裨益无穷。

二、传统文化中的高等教育理念

关于大学概念的提出①,《礼记·明堂位》第十四中说:"殷人设右学为大学,左学为小学,而作乐于瞽宗。"《大戴礼记·保傅》:"古者年八岁而出就外舍,学小艺焉,履小节焉;束发而就大学,学大艺焉,履大节焉。"《礼记·王制》第五:"天子命之教然后为学。小学在公宫南之左,大学在郊。天子曰辟雍,诸侯曰泮宫。"东汉何休《春秋公羊传解诂》:"(邑里)其有秀者,移于乡学。乡学之秀者,移于庠。庠之秀者,移于国学,学于小学。诸侯岁贡小学之秀者于天子,学于大学。"这几段文献中的个别文字有异辞,学童何时进入大学的时间也有不同说法,大学的"四学""五学"也有异称,但如我们说,早在殷周时期就有了中国式的贵族学校教育制度(其中包含大学体系),则异议不会太多。殷商出现于公元前17世纪,西周出现于公元前11世纪,距今都超过了三千年,则中国前现代古典型高等教育出现的时间就约略可知了。

---

① 据文献载,甲骨文中已出现大学之名,因本文不涉及大学名称概念源起的考证,有关论述可参见陈梦家:《殷墟卜辞综述》,科学出版社1956年版。王贵民:《从殷墟甲骨文论古代学校教育》,《人文杂志》1982年第2期。

近年来，笔者先后撰写过《我之大学教育观》《人文何以化成：新国学教育的三个境界》《传统与开新》等文，相关论述还辑录为学术随笔集《课比天大》[①]，曾引起不少关注。坦白地讲，我著述中提及的那些大学理念大多是阅读古代文化典籍时所获一鳞半爪，而且仅仅是初步简单的罗列，甚至可能是生吞活剥，并未能完全消化，如稍微整齐化一下，至少我们可以从以下方面理解。

关于教育目的。《礼记·大学》第四十二开宗明义："大学之道，在明明德，在亲民，在止于至善。"又，《礼记·中庸》第三十一："故君子尊德性而道问学，致广大而尽精微，极高明而道中庸。温故而知新，敦厚以崇礼。"无论是我们的高等教育学原理类著述，还是目前正在开展的各学校《大学章程》撰写，都不敢理直气壮地将这些论述直接引用，视作高等教育的目的和办学宗旨。硬要自己拍脑袋拼凑一些东西，其实在这方面编新不如述旧。有意思的是，如果翻阅教育史料，我们会发现民国时期设立的大学，或海外汉文圈中的一些大学，反倒理直气壮地将这些语录引作校训或办学理念。

校训、校歌、校徽、校旗、学校章程往往是一个学校办学宗旨、办学理念的最集中体现。有意思的是，19世纪末至20世纪前期设立的大学虽然学校的体制是新式的现代的，但在校训、校歌中却仍直

[①] 《我之大学教育观》见2013年1月17日《中国科学报》，《人文何以化成：新国学教育的三个境界》原题《新国学教育三境界》见2013年4月1日《光明日报》，《传统与开新》，三文皆收入拙著《课比天大》（增订本），生活·读书·新知三联书店2013年版。

接引用或化用古典教育理念，20世纪50年代至"文革"十年这种做法被废止。打倒"四人帮"后，有些学校恢复了原来的校训和校歌，也有不少学校新编新写，以示与时俱变。我们比较熟悉清华大学的校训"自强不息，厚德载物"，复旦大学的校训"博学而笃志，切问而近思"，南开大学的校训"允公允能，日新月异"，中山大学的校训"博学审问慎思明辨笃行"，厦门大学的校训"自强不息，止于至善"，苏州大学的校训"养天地正气，法古今完人"，西北大学的校训"公诚勤朴"，西北工业大学的校训"公诚勇毅"（来源于原国立西北工学院院训），都是继承学校老传统，述旧为新的例子。台湾中兴大学校门口将《论语·述而》中"志于道，据于德，依于仁，游于艺"四句孔学要旨，邀请书法名家陈其铨、杜忠诰、汪中和王静芝等教授书写刻石，成为"孔学要旨石碑"，既是学校理念与宗旨的体现，又俨然成为学校校园的人文景观地标。

  关于教学方法。孔子讲学与思的辩证关系说："学而不思则罔，思而不学则殆。"（《论语·为政》）《礼记·学记》："大学之教也，时，教必有正业，退息必有居。学，不学操缦，不能安弦；不学博依，不能安诗；不学杂服，不能安礼。不兴其艺，不能乐学。故君子之于学也，藏焉修焉，息焉游焉。夫然，故安其学而亲其师，乐其友而信其道，是以虽离师辅而不反也。《兑命》曰：'敬孙务时敏，厥修乃来。'其此之谓乎！"这一段侧重说教学。又，《礼记·中庸》第三十一还说："博学之，审问之，慎思之，明辨之，笃行之。有弗学，学之弗能弗措也；有弗问，问之弗知弗措也；有弗思，思之弗得弗措也；有弗辨，辨之弗明弗措也；有弗行，行之弗笃弗措也；人一能之己百之，人十能之己千之。果能此道矣，虽愚必明，虽柔必强。"这段语录虽侧重说学习的方法，但不是孤立地绝对地讲某某方法重要，而是辩证地从学习的整个过程，从诸种关系中来把握各种方法。20世纪前半叶设立的复旦大学、中山大学等多所大学的校训直接引用或化用这段话，可见古典的教育理念仍然启迪着现代的智慧之光。

在讨论读书方法时孟子说："尽信书，则不如无书。"(《孟子·尽心下》)英国哲学家培根说："有些书可供一尝，有些书可以吞下，有不多的几部书则应当咀嚼消化；这就是说，有些书只要读读他们底一部份（分）就够了，有些书可以全读，但是不必过于细心地读；还有不多的几部书则应当全读，勤读，而且用心地读。有些书也可以请代表去读，并且由别人替我作出节要来，但是这种办法只适于次要的议论和次要的书籍；否则录要的书就和蒸馏的水一样，都是无味的东西"。① 与孟子所说可以参照比较，孟子讲得很简要，而培根讲得更详细切实。

关于素质教育。虽然关于素质教育的内涵及名称，一直有不同的说法，甚至有人对此概念有过多的否定②。但为了讨论的方便，我们将此概念视作通识教育、通才教育、博雅教育的替换词使用，不

---

① ［英］《培根论说文集》第五十《论学问》，水天同译，商务印书馆1958年版，第159页。

② 郑也夫：《吾国教育病理》，中信出版社2013年版。

在此作进一步辨析区分。《周礼·地官司徒》第二："以乡三物教万民,而宾兴之。一曰六德:知、仁、圣、义、忠、和。二曰六行:孝、友、睦、姻、任、恤。三曰六艺:礼、乐、射、御、书、数。""乡三物"应是基础教育的基本内容,"六德"应是六种道德规范,"六行"应是六种合乎道德的行为,而"六艺"则是一个君子应该掌握的六种技能,也是六门技能课程。六德、六行与六艺合起来称为"乡三物"。需要特别提示的是,从周朝以来,中国文化所倡导的古典素养教育,其范围不仅大于西方的通识教育或博雅教育,也远大于时下方兴未艾的素质教育,倒是有点类似目前哈佛大学等教育机构所推展的"全人教育(Holistic Education)"。这是时下倡导素质教育者应注意区别和辨析的。其次,"乡三物"中的许多内容,有的属于基础教育,但又不限于基础教育,在高等教育中仍然继续贯穿,比如"六艺"的课程。

与本文题旨密切相关的是,已有学者指出"全人教育"的理念来源于日本教育学家小原国芳的"十二教育信条",即,①全人教育;②尊重个性的教育;③自学自律(重视学生的自学和自我约束的能力);④高效率的教育(创造良好的学习环境、精选教材、改善教学方法和提高学习兴趣);⑤立足于学的教育(改变立足于教的指导思想);⑥尊重自然;⑦师生间的温情(尊师爱生);⑧劳作教育(培养知行合一的坚强意志和实践能力);⑨对立的合一(使两种对立的品质合于一身);⑩尽量满足他人的愿望和作人生开拓者;⑪学塾教育(继承日本古代学塾的传统,师生同吃、同住、同劳动、同学习、同祈祷);⑫国际教育。小原国芳在《全人教育论》中还说:"学问的理想在于真,道德的理想在于善,艺术的理想在于美,宗教的理想在于圣,身体的理想在于健,生活的理想在于富"。"这六个方面的文化价值就像秋天庭院里盛开的大波斯菊花一样,希望和谐地生长"。他将学问、道德、艺术、宗教、身体和生活的真、善、美、圣、健、富比作大波斯菊花的六个花瓣,每个花瓣代表全人的一个方面,六者和谐发展,缺一不可[①]。这种认识既受到西方教育文化的影响,又有日本的教育实践,也能看到中国古典教育的影子。他的六瓣说显然与《周礼》中的六德说、六行说、六艺说秘响旁通,可以互相发挥。

关于人才培养。马端临《文献通考》提及夏"以射造士",商"以乐造士",周"以礼造士",说明三代时期所面临的问题不同,对人才培养与使用的侧重点也不同。清人龚自珍《己亥杂诗》其五中说:"浩荡离愁白日斜,吟鞭东指即天涯。落红不是无情物,化作春泥更护花。"喻指教师的牺牲与奉献,对学生健康成长是有意义的。又其二二〇写道:"九州生气恃风雷,万马齐喑究可哀。我劝天公重抖擞,不拘一格降人才。"虽是一首青词,但在大众创业、万众创新的当下,诗人呼唤不拘一格育才、不拘一格用才的热诚仍有当下意义。

关于师资队伍。《礼记·学记》:"凡学之道,严师为难。师严

[①] 可参见小原国芳:《小原国芳选集》第三卷,日本玉川大学出版社1970年(昭和五十五年)版。潘光旦在考察欧美教育后,也曾将教育的功能归纳为德、智、体、群、美、富等"六育"。可参见潘乃谷、潘乃和编:《潘光旦教育文存》,人民教育出版社2002年版。

然后道尊,道尊然后民知敬学。是故君之所以不臣于其臣者二:当其为尸,则弗臣也;当其为师,则弗臣也。大学之礼,虽诏于天子无北面,所以尊师也。"韩愈《师说》:"师者,所以传道授业解惑也。"也是由秦汉以来的思想演生而来的。

岳麓书院崇道祠有一块匾额,上面写着"斯文正脉"四个大字。在岳麓书院讲堂的门上,由山长旷敏本撰写了一副对联,上联是:"是非审之于己,毁誉听之于人,得失安之余数,陟岳麓峰头,朗月清风,太极悠然可会。"下联是:"君亲恩何以酬,民物命何以立,圣贤道何以传,登赫曦台上,衡云湘水,斯文定有攸归。"

古代儒家设置的祭祀牌位为天、地、君、亲、师,构成社会成员最基本的五种关系,迄今在民间仍有很大的影响。钱穆曾说:"天地君亲师五字,始见于《荀子》书中。此下两千年,五字深入人心,常挂口头。其在中国文化、中国人生中之意义价值之重大,自可想像(象)。"[①]这就使得教师这一职业与劳动力市场上的其他出卖体力、出卖智力(知力)者有了本质区别。在现代人看来,学成文武艺,可以货于帝王家,也可以货于资本家。但是在中国古人看来,一旦做了教师,成了受教育者的"教父"(或教傅、保傅),与学生缔结了血统之外的"学统"(道统)关系,那么就不是劳动力市场上买与卖的关系那么简单了。故不能用商家经营理念中的"顾客是上帝"云

[①] 钱穆:《晚学盲言》,广西师范大学出版社2004年版,第242页。有关"天地君亲师"的观念最早出现于何时、源于何典籍说法较多,最新的研究可参见徐梓:《"天地君亲师"源流考》,《北京师范大学学报》2006年第2期。

云,来对接学校中的师生关系。在中国传统文化中,学生被定位为接受教育者,被开蒙者。师生反目、师生决裂,比夫妻关系破裂更为人们关注。师生关系取得了拟血缘的地位,也使得人们对教师的遴选、教师队伍的建设有着几近苛刻的要求。

三、传统文化中的高等教育实践

关于素质教育的实践。《论语·述而》:"子曰:'志于道,据于德,依于仁,游于艺。'"朱熹注:"此章言人之为学当如是也。盖学莫先于立志,志道,则心存于正而不他;据德,则道得于心而不失;依仁,则德性常用而物欲不行;游艺,则小物不遗而动息有养。学者于此,有以不失其先后之序、轻重之伦焉,则本末兼该,内外交养,日用之间,无少间隙,而涵泳从容,忽不自知其入于圣贤之域矣。"[①] 钱穆说:"本章所举四端,孔门教学之条目。惟其次第轻重之间,则犹有说者。……志道、据德、依仁三者,有先后无轻重。而三者之于游艺,则有其轻重无先后,斯为大人之学。"[②] 李泽厚说:"这大概是孔子教学总纲。'游',朱熹注为'玩物适情之谓',不够充分。而应是因熟练掌握礼、乐、射、御、书、数即六艺,有如鱼之在水,十分自由,即通过技艺之熟练掌握,获得自由,从而愉快也。就是一种'为科学而科学,为艺术而艺术'的快乐也。"[③]

---

① 朱熹:《四书章句集注》,中华书局1983年点校本,第94页。
② 钱穆:《论语新解》,生活·读书·新知三联书店2002年版,第130页。
③ 李泽厚:《论语今读》,中华书局2015年版,第128—129页。

关于精英教育的实践。古代的教育特别是高等教育,主要集中在贵族和皇族中间。接受教育者是有等级身份的限制的。与现代的大众教育、普及教育有本质的区别。但他们对接受教育者的精心、精致和精细,视学生如己出,则是现代教育者应该学习的。孟子讲君子有三乐,其中"得天下英才而教育之"是第三乐。刘源俊认为这句话的九个字应重组,改为"教育而得天下之英才",这样才能与"有教无类"的意思相通,完整的说法应该是:得天下英才而教育之,莫如教育而得天下之英才。[1] 即便如此,重点仍是在说教育可以把受教育者变成社会的英才和精英。

关于小班教学的实践。早期的辟雍、太学等,后来的国子监、四门学等招收学生都很有限,故有推行小班教学的可能性。包括春秋时期的私学、宋元以后的书院,规模都不很大,也是一种变相的小班制。西方大学中的"班"是指同一专业或学分制中修同一门课程的教学组织单位,不是固定的行政组织。有学者指出,今天大陆教育机构中固定封闭式的"班",既不是传统书院中的概念,也不是西方教育的概念,更多的是受苏联教育体制的影响,而苏联教育中的"班",有可能来源于军队的组织编制,是一种有利于配合军事作战的固定组织。20世纪60年代中期后,中苏政治交恶,大陆从各个方面摆脱了苏联的影响,70年代后期改革开放,大陆的高等教育更多是学西方,唯独高校里固定设班这一点没有改变。因为班在学校

---

[1] 台湾大学共同教育委员会编:《迈向杰出 第二集 我的学思历程》,台湾大学出版中心2003年版,第97页。

中属于一级管理组织，而不仅仅是一个教学单位，故我们的一些家长，从孩子入幼儿园开始，就给班主任打招呼，希望能委任孩子做班长或班干部，看重的就是班长或班干部是学生组织中一个最基础的职级。

关于导师制的实践。古代私塾中的家庭教师，皇族中为皇子特别是太子所选拔的教师，不仅在学习期间，就是在学习期结束后，师生仍有联系，有些老师甚至就是学生顾问性质的智囊或军师。后代士人热衷于成为所谓的"帝王师"。实际上，"帝师"有许多就是学生读书时期的保傅。

四、萃取与移植：传统资源的创造性转化

传统文化中的教育资源内容繁多，数量极大。虽然也有《礼记·大学》、《礼记·学记》、《荀子·劝学》、韩愈《师说》这样完整的古典教育学文章，但绝大多数是散章短篇、语录警句。有好多还隐含在碑志、书信、家训、笔记、野史、佛道藏中，多为一鳞半爪，残存小语，需要我们仔细搜集、爬梳整理。在行文风格上，传统的教育文献多采用奇比妙喻，直觉思维的特色非常鲜明，也需要我们不断理论化系统化，并与现代教育理论互释会通。

笔者本人并非泥古或复古论者，没有想用零散的古典教育史料对抗完整的现代教育体制。恰恰相反，笔者意在提醒教育管理者和教育理论研究者注意，传统中国是教育资源大国，有很多资源需要

研究，需要萃取①。

一是用诗教、乐教、礼教等古典素质教育的内容来充实现代素质教育体系。传统教育中有关诗教、乐教、礼教的内容非常丰富，有很多很好的理念，也有非常悠久的实践。孔子讲："兴于诗，立于礼，成于乐"(《论语·泰伯》)，又说："不学诗，无以言……不学礼，无以立"(《论语·季氏》)，在他看来，诗、礼、乐三教是三位一体的，是其他教育内容的基础。现代素质教育的提出，出发点与动机很好，但因实践的时间太短，范例与案例太少，没有得到整个华人社会高等教育的广泛认可，还不足以移风易俗，改变风气。故可以直接借镜于古典，使它成为华人高等教育的共识。

前两年教育界都在热议习近平总书记教师节在北京师范大学的讲话，讨论中小学语文教材中古典诗词数量的多少问题。笔者认为，这个问题表面上看是诗词作品数量的多与少的问题，而实质上是诗教的有与无的问题。传为孔子所说的一段话："入其国，其教可知也。其为人也，温柔敦厚，诗教也；疏通知远，书教也；广博易良，乐教也；絜静精微，易教也；恭俭庄敬，礼教也；属辞比事，春秋教也。"(《礼记·经解》) 在传统教育谱系中，诗教、乐教、礼教等都是基质的，而在现代教育视野中，这些内容都下降为工具性、技能性与识记性的东西，与人格、人品、人性毫无关联了。

---

① "萃取"一词，借用陈洪先生的概念。陈洪先生曾多次讲对待传统要以萃取、激活、兼容、发展的辩证眼光看待。

大家都不会忘记《论语》侍坐章中曾皙的"鼓瑟希,铿尔,舍瑟而作",与孔子的"吾与点也"(《论语·先进》),在孔子看来,曾皙的演奏所传达出的是一种理想的人生境界,所以让他心向往之。这种理想境界是一种和美的音乐境界。同样,在孔子看来社会治理的最好状态,也是一种弦歌。

至于礼乐从根本上制度上被破、坏,基于20世纪天崩地陷的纲维解纽所导致的礼崩乐坏,我们今天目睹的各种社会怪现状,都是在这样的背景下出现的。

二是以文质彬彬的君子教育完善现代的全人教育。"文质彬彬,然后君子。"(《论语·雍也》)"君子"的一个替换词是"斯文",传统教育中对培养社会精英君子、斯文有很多论述,也有很好的实践。现代的革命教育,则是对这种传统的不断破坏:"革命不是请客吃饭,不是做文章,不能那样文质彬彬,革命是暴力,是一个阶级推翻另一个阶级的暴力。"如果在战争年代,谈革命谈暴力谈破坏谈推翻,应是题中应有之义。那么在和平年代,在构建现代文明社会中,应倡导什么,我想并不难理解吧。

三是汲取传统生态文明理念以丰富现代生态教育。前现代的中国是农业社会,教育也是这种文明的衍生物。农业文明曾长期为人们诟病,但农业时代人与自然的关系还较和谐,在教育理论中也能看到这些痕迹。《礼记·中庸》第三十一:"喜怒哀乐之未发,谓之中;发而皆中节,谓之和。中也者,天下之大本也;和也者,天下之达道也。致中和,天地位焉,万物育焉。"现代著名教育学家潘光旦据此总结出"位育"的教育理论。① 这一理论已超越了狭隘的学校教育观念,含有中和位育、遂生乐业的博大思想。《中庸》第三十一还说:"唯天下至诚,为能尽其性;能尽其性,则能尽人之性;能尽人之性,则能尽物之性;能尽物之性,则可以赞天地之化育;可以赞天地之化育,则可以与天地参矣。"《庄子·马蹄》第九描述理想的社会说:"故至德之世,其行填填,其视颠颠。当是时也,山无蹊隧,泽无舟梁;万物群生,连属其乡;禽兽成群,草木遂长。是故禽兽可系羁而游,鸟鹊之巢可攀援而窥。夫至德之世,同与禽兽居,族与万物并。恶乎知君子小人哉!同乎无知,其德不离;同乎无欲,是谓素朴。素朴而民性得矣。"人与自然界中包括动植物在内的万物和谐相处,是鸿蒙初辟时的本初状态。人与自然的不断紧张对立是所谓的人类文明进步的伴生物和代价,到了工业化的现代,这种代价已经高昂到人类无法承受之重,人类才开始慢慢反思。作为一种知识谱系的生态科学,主要产生于西方,但是古老的东方智慧中就有许多生态文明的智慧,这种智慧至今仍有特殊的启示意义。"古代中国的自然哲学比古希腊的自然哲学更深刻。古希腊人希望通过获取自然科学的知识来探视自然,而中国的古人则将人浸入到自然当中,并亲身体验人与自然的神奇的关联性。"②

---

① 潘乃谷、潘乃和编:《潘光旦教育文存》,人民教育出版社2002年版。
② [德]阿尔伯特·史怀哲:《中国思想史》,常暄译,社会科学文献出版社2009年版,第40页。

四是通过对经典的践行来唤醒全社会的诚信意识。儒家典籍强调仁义礼智信，其中对信的重视，对目前出现的道德溃坝如何防范，通过吸纳并践行传统应该是其中的一个途径。

五是以和而不同的理念来传承一种古典自由主义的思想[①]，以援助现代大学教育所倡导的自由思考、自由探索、自主研究。儒家主张博学审问，慎思明辨，肯定狂狷，鄙夷乡愿，推崇贫贱不移、富贵不淫、威武不屈的独立的大丈夫人格，仍有一种古典自由主义的遗义。在中国传统文化中，自由主义虽然不是主旋律，但我们从"箪食瓢饮"的"孔颜之乐"，到范仲淹的"宁鸣而死，不默而生"（《答梅圣俞灵乌赋》），再到程颢的《秋日偶成》："闲来无事不从容，睡觉东窗日已红。万物静观皆自得，四时佳兴与人同。道通天地有形外，思入风云变态中。富贵不淫贫贱乐，男儿到此是豪雄。"他的另一首《秋日偶成》说得更透彻："寥寥天气已高秋，更倚凌虚百尺楼。世上利名群蠛蠓，古来兴废几浮沤。退居陋巷颜回乐，不见长安李白愁。两事到头须有得，我心处处自优游。"只有精神上"处处自优游"，才能"道通天地""思入风云"。

胡适很早就注意寻找传统文化中的自由思想成分。其1949年3月一次公开演讲的题目就是《中国文化里的自由传统》，侧重以谏

---

① 本文所用"古典自由主义"一语，与政治学上该词的指涉无关，而是与前面的古典大学教育呼应，仅仅是指前现代而已。

官和史官制度为例，讨论言论自由和思想自由。①有人曾问胡适，美国开国元勋、独立英雄帕特里克·亨利的名言"不自由，毋宁死"（Give me liberty, or give me death），在中国有没有相似的话，胡适说有，就举范仲淹"宁鸣而死，不默而生"为答，认为其言可以立懦，多次手书成条幅赠友人。他说古代用此专指谏诤的自由，现在则指言论的自由。②汉学家狄百瑞也认为中国文化中有自由传统，并作了更为深入的发掘和阐释，他强调宋明理学中的自由思想，还特别以黄宗羲为例，阐释黄所讲的"天下为主君为客""有治法而后有治人""公其非是于学校"等思想，实际上就是在强调政治上分散权力，法律上维护尊严，学术上独立自由。与胡适从谏官、史官入手不同，狄百瑞更多强调经筵讨论、书院制度和朱熹的教育思想中的自由意涵。③朱熹与陆九渊的"鹅湖之会"，二人学派不同，见解各异，黄宗羲在《宋元学案》中说双方"同值纲常，同扶名教，同宗孔孟，即使意见终于不合，亦不过仁者见仁，智者见智"，体现出在学术上的和而不同。在《明儒学案发凡》中，黄宗羲还说："有一偏之见，有相反之论，学者于其不同处，正宜着眼理会，所谓一本而万殊也。以水济水，岂是学问！"④

---

① 胡颂平编：《胡适之先生年谱长编初稿》第六册，联经出版公司1984年版，第2078—2081页。
② 原载1955年4月台北《自由中国》第12卷第7期。
③ 狄百瑞：《中国的自由传统》，李弘祺译，中文大学出版社1983年版。
④ 黄宗羲：《明儒学案》，沈芝盈点校，中华书局1985年版，前言第18页。

庄子的逍遥高蹈仍是士人追求精神自由的偶像:"故夫知效一官、行比一乡、德合一君、而征一国者,其自视也,亦若此矣。而宋荣子犹然笑之。且举世而誉之而不加劝,举世而非之而不加沮,定乎内外之分,辩乎荣辱之境,斯已矣。彼其于世,未数数然也。虽然,犹有未树也。夫列子御风而行,泠然善也,旬有五日而后反。彼于致福者,未数数然也。此虽免乎行,犹有所待者也。若夫乘天地之正,而御六气之辩,以游无穷者,彼且恶乎待哉?故曰:至人无己,神人无功,圣人无名。"(《庄子·逍遥游》)。

法国学者贡斯当(1767—1830,又译本扎曼·孔斯坦),有关自由言述的最大特色在于以时代的区分为基础把自由分为"古代人的自由"与"现代人的自由",他认为古代人的自由是一种公民资格,相对现代人的"以个体为本位的自由"而言,古代人的自由是一种"以集体为本位的自由"。①

20世纪英国哲学家以赛亚·伯林在此基础上提出"两种自由概念":第一种自由概念,带有"消极"的含义,旨在回答在怎样的领域,一个人或一个群体,应该免于他人的干涉。第二种自由概念,带有"积极"的含义,旨在回答何物、何人,能够决定人的存在与行为。换言之,在柏林看来,前者是"摆脱……"的自由,后者是"成为……"的自由。有人认为,前者与道家式的自由接近,后者与

---

① [法]贡斯当:《古代人的自由与现代人的自由:贡斯当政治论文选》,阎克文、刘满贵译,商务印书馆1999年版。

儒家式的自由接近。① 倡导"名著计划"、主编过《西方世界的经典》的美国学者莫提默·J.艾德勒进一步提出，思考自由时要注意区别三种自由，即是社会自由（或政治自由、经济自由）、精神自由（意志自由）、道德自由。②

五、本文的初步结论

从传统文化视野中探索找寻高等教育资源，可以发现其数量巨大、内容繁多。这些本土资源对于破解当下高等教育深化改革的难题，建构既有现代视野又有本土根柢的当代高等教育理论体系，具有不可或缺的意义。

通过初步梳理传统文化中的高等教育理念，对文献中所述古代高等教育实践的一些案例进行新的阐释，可以对本土教育资源的独特性与深刻性有更清晰的认知。

当代教育管理者可以通过对传统教育资源的萃取或创造性转化，来援助并丰富现代高等教育的思想体系。例如以诗教、乐教、礼教等充实现代素质教育，以君子教育来完善全人教育，汲取传统的天人理论内涵丰富现代生态文明教育，通过践行经典来唤醒诚信意识，以和而不同的理念弘传古典自由主义。

习近平总书记最近谈中国的哲学社会科学研究"要不忘本来，

---

① 刘固盛：《中国传统文化中的自由精神与现代启示》，《长安大学学报》2016年第3期。
② [美]艾德勒：《大观念：如何思考西方思想的基本主题》，安佳、李业慧译，花城出版社2008年版。

吸收外来,面向未来"①,其实中国的高等教育发展宗旨,也应该有这样一个态度。"东海西海,心理攸同"②处颇多,学人应该多做打通和会通的工作,这既是为了古为今用、外为中用的"用",更重要的也是处身于大数据时代的我们应该具有的大智慧和大境界。

(原刊于《文学与文化》2016年第3期)

---

① 见习近平总书记《在哲学社会科学工作座谈会上的讲话》。
② 钱锺书:《谈艺录》,开明书店1948年,序1。

经典阅读四题

从读到的两则材料说起。

第一则材料是刚刚公布的《第十二次全国国民阅读调查报告》中提供的几个数据:

从成年国民对各类出版物阅读量的考察看,2014年我国成年国民人均纸质图书的阅读量为4.56本,与2013年的4.77本相比,纸质图书阅读量减少了0.21本。人均阅读报纸和期刊分别为65.03期(份)和6.07期(份),与2013年相比,人均报纸阅读量下降了5.82期(份),期刊的人均阅读量增加了0.56期(份)。

2014年我国成年国民人均阅读电子书3.22本,较2013年的2.48本增加了0.74本。此外,成年国民人均纸质图书和电子书合计阅读量为7.78本,较2013年纸质图书和电子书合计阅读量7.25本增加了0.53本。

另一则材料说,2013年,印度一名工程师所写《令人忧虑,不阅读的中国人》的短文,红遍网络。文章对在法兰克福机场、上海机场以及国际航班上所见国人的阅读现象不无直率的批评。各大网站都有转载。但究竟是何人所写,最早出于何处,是真是假,不得而知。不过,本着闻过则喜的态度,多听听批评的话没有坏处。又据统计,韩国人均年阅读量是11本,法国人为20本,日本人为40本,以色列人为64本,阅读量居世界第一。据新华社资料,我国全国书店销售的书籍中,80%是各种各样的教材资料。[①]

这两则材料提醒我们,要多读纸质书,多读好书,多读传世经典著作。

那么何谓经典?先看百度百科的定义:英文classics,指具有典范性、权威性的,经久不衰的万世之作;经过历史选择出来的最有价值的,最能表现本行业的精髓的,最具代表性的,最完美的作品。

我对经典的定义则是:信得过,指精神信仰的来源,它能指示回归精神家园的路径。生得早,是民族、种族、学派、学说、主义或宗教中最早出现的,具有原典或原创意义的文本。靠得住,指在学理上、观点上、材料上、数据上可靠。引得多,指引用的人多,有人看,有人谈,有人买,有人不断提及,有人反复引用。走得远,指能超越狭小的地域,走出民族,走出国门,走向了世界,甚至可以走向星际。如果人类要向太空中另外的智能生命展示地球文明,推荐的著述类成果,肯定是人类的那些古老的经典。传得久,经典一般可以藏之名山,可以传诸后世。

---

① 郭超:《今天我们为什么还要读书》,2015年4月25日《光明日报》。

一、仰观俯察：广义阅读与狭义阅读

加拿大学者阿尔维托·曼古埃尔在《阅读史》一书中说："天文学家阅读一张不复存在的星星图；日本建筑师阅读准备盖房子的土地，以保护它免受邪恶势力侵袭；动物学家阅读森林中动物的臭迹；玩纸牌者阅读伙伴的手势，以打出获胜之牌；舞者阅读编舞者的记号法，而观众则阅读舞者在舞台上的动作；……双亲阅读婴儿的表情，以察觉喜悦或惊骇或好奇的讯息；中国的算命者阅读古代龟壳上的标记；情人在晚上盲目地在被窝底下阅读爱人的身体；精神科医生帮助病人阅读他们自己饱受困扰的梦；夏威夷渔夫将手插入海中以阅读海流；农民阅读天空以观天气……我们每个人都阅读自身及周遭的世界，俾以稍得了解自身与所处。我们阅读以求了解或是开窍。我们不得不阅读。阅读，几乎就如呼吸一般，是我们的基本功能。"①

这样的说法很有新意，但既不是最早的也不是原创的，我也只是顺手引用。其实中国学人的类似表述也很多，譬如王羲之《兰亭集序》中讲："仰观宇宙之大，俯察品类之盛，所以游目骋怀，足以极视听之娱，信可乐也。"通过视听感官，仰观俯察天地间的广大，这些远非狭义的阅读所能涵盖。宗白华将其概括为"俯仰法"。宋代朱熹也讲："学问，就自家身己上切要处理会方是，那读书底已是第二义。自家身上道理都具，不曾外面添得来。然圣人教人，须要读

---

① ［加拿大］阿尔维托·曼古埃尔：《阅读史》，吴昌杰译，商务印书馆2002年版，第6—7页。

这书时,盖为自家虽有这道理,须是经历过,方得。圣人说底,是他曾经历过来。"(《朱子语类·读书法》)

在人类发明书籍或书籍的前身与伴生的载体甲骨文献、钟鼎文献、石刻文献、图像文献、音频文献、视频文献出现之前,人类的信息已传递了几千万年,人类的知识已积累到了很高的程度,人类的智慧已经使人与其他爬行类动物有了本质的区别。说明人类除了依赖狭义的阅读之外,还有一个广义的阅读系统在独立运作。在书籍出现之前它起作用,在书籍出现之后,它仍然发挥着巨大的作用。假如有一天,纸质的书籍不幸被焚毁,以数字形式存储的数据信息和知识库被病毒破坏,固然是一个极大的损失,但这并不意味着人类又会退回到洪荒蒙昧的时代,再从茹毛饮血阶段重新开始学习。因为只要人的大脑系统没有被破坏,广义的阅读还可以独立运行。人类凭借这一系统可以重新印制书刊,恢复数据系统使其正常工作。

现在大家所说的也是今天要重点介绍的经典阅读,主要指的是狭义阅读而不是广义阅读。但经典阅读也不是针对著述文献中的所有文本,而是其中的一类文本,即经典文本的阅读。简单地说,是指狭义阅读中极其狭小但又极其重要的一部分文本的阅读。换句话说,是指对人类书籍和知识"金字塔"塔尖部分的了解和接受,是对露出知识海平面的"冰峰"的观察与触摸。当然,好的经典阅读也应该指向躬行实践和切身经历。

二、学以为己：经典阅读的功用

经典阅读有何益处？或者说阅读经典的功能与作用是什么？我们先看看《论语》里的两段论述："子曰：小子何莫学夫《诗》？《诗》可以兴，可以观，可以群，可以怨；迩之事父，远之事君；多识于鸟兽草木之名。"（《论语·阳货》）"子曰：诵《诗》三百，授之以政，不达；使于四方，不能专对，虽多，亦奚以为？"（《论语·子路》）

再看西哲培根的一段名言："史鉴使人明智；诗歌使人巧慧；数学使人精细；博物使人深沉；伦理之学使人庄重；逻辑与修辞使人善辩。学问变化气质。"[①]

以下是我对经典阅读功能与作用的概括：充电以照亮自己，造境以提升自己，掘宝以富裕自己，启示以度化他人，发明以福利社会，创新以延续经典。

中国古人讲阅读学习的最高境界是"学以为己"。孔子曾说过"古之学者为己，今之学者为人"（《论语·宪问》），荀子对此有一个很好的发挥，荀子在《劝学》篇提出："君子之学也，入乎耳，著（箸）乎心，布乎四体，形乎动静。端而言，蠕（𩪘）而动，一可以为法则。小人之学也，入乎耳，出乎口。口耳之间，则四寸耳，曷足以美七尺之躯哉？ 古之学者为己，今之学者为人。君子之学也，以美其身；小人之学也，以为禽犊。"（《荀子》卷一《劝学》）简言

---

① ［英］弗·培根：《培根论说文集》，水天同译，商务印书馆1983年版，第180页。

之,君子之学就是学以为己,就是为了提升自己,完美自己;而小人之学则是为了贩卖,为了交易,为了取悦迎合别人。这些思想是非常深刻的。

我概括的前三点是说哪怕一个人主观上是学以为己,后三点是说客观上还是学以为人的,不过并不是"小人之学"的学以为人,而是儒家所说的由内圣而外王,与由正心诚意、格物致知而修齐治平的意思也是类似的。

鸦片战争之后,近代中国因落后而挨打,因落后而有亡国亡种之大患,全面的亡国会使国民成为国土沦陷的难民。于是救亡成为一个世纪的主题,但为了救国而破四旧,遂使新一代又成为不知国学和传统文化为何物的"文化难民"。有人引申明末清初学者顾炎武所谓"亡国""亡天下"之论,谓主权丧失谓之"亡国",而文化丧失谓之"亡天下",如果这样再引申一下,那么经典被焚烧,或经典失传就与"亡天下"相距不远了。

三、书海荡舟:经典阅读的方法

阅读的方法很多,不一而足。这里重点介绍古人提及的两种方法,西人提及的一种方法,另外提及我自己教学中使用的一种方法。

第一种,苏东坡的"八面受敌"阅读方法。"少年为学者,每一书,皆作数过尽之。书富如入海,百货皆有之。人之精力,不能兼收尽取,但得其所欲求者耳。故愿学者,每次作一意求之。如欲求古人兴亡治乱、圣贤作用,但作此意求之,勿生余念。又别作一次,求事迹故实典章文物之类,亦如之。他皆彷此。此虽迂钝,而他日学成,八面受敌,与涉猎者不可同日而语也。"(《与王庠五首》其五)

第二种,朱熹的"二十四字诀"经典阅读方法(读书六法)。循序渐进:指从基础知识读起,有系统、有步骤,从浅入深进行阅读。熟读精思:指要在熟读的基础上理解和思考,深刻领会其要旨。虚心涵泳:指要仔细认真阅读,反复自我切磋、研磨、体会。切忌马虎从事,或自以为是。切己体察:指要结合思想、经验、阅历、需要,去体验文献中的意味。著紧用力:指要聚精会神、下苦功、花大力。如逆水行舟,不进则退。须教有疑:指要善于提出问题,学会"质疑",阅读要从"有疑"到"无疑"之后,才算真懂。这一法又作"居敬持志"。有人进一步概括说,朱子所说的六法,实质就是慢、熟、思、用、专、疑六个字。

叶嘉莹先生还具体总结过古典诗歌阅读的四步骤:兴、道、讽、诵。她说:"兴是感发,道是引导,讽先是让你开卷读,然后背下来,到最后就可以吟诵了。"

美国学者莫提默·J.艾德勒和查尔斯·范多伦著《如何阅读一本书》,围绕阅读的层次展开,分别讲述了基础阅读、检视阅读、分析阅读和主题阅读四个层次,还详细介绍了阅读不同类型读物的方法,尤其以对主题阅读的分析最为精到,可供进行经典阅读者参考。

我自己在个人学习阅读,以及教学和科研过程中有时也在捉摸读书方法,特别是在研究生教学中。我曾主编《中国古代文学研究方法导论》，其中专门列出一讲，介绍读书与古代文学研究，可参读。此处归纳自己教学中所提及的阅读分类和阅读方法：

1. 碎片型阅读：浅表阅读，或利用零散时间阅读，培养知道分子。当下世界，通过智能手机阅读，通过电脑等终端阅读，可以便捷地获取资讯，与世界互动，这是一次深刻的阅读革命和解放，是一件功德无量的大好事。但这种普罗大众的阅读快餐或快餐阅读，会使阅读浅尝辄止。真正的阅读者可以了解并利用数字阅读，但绝不能停留或满足于这种碎片型阅读、软性阅读上。

2. 应试型阅读：功利阅读，培养考试分子。应试阅读不是绝对的坏事，它是一种专项阅读，抓住一点，不及其余。把某项目标放大，而把其他的意义屏蔽。古代参加科举考试的举子，现代高考的高分获得者，学校里为老师与同学津津乐道的所谓学霸，都擅长此道。

3. 兴趣型阅读：艺术阅读，培养艺术家。陶渊明所谓的"好读书，不求甚解，每有会意，便欣然忘食"便是指这类阅读。

4. 专题型阅读：科学阅读，培养科学家。其实前面引到的苏东坡所说"八面受敌法"，实质上就是一种专题阅读法，仔细揣摩体会，会有心得的，值得从事专业研究者借鉴。

5. 冒险型阅读：探索阅读，培养思想家、探险家、革命家。过去说的"六经注我"式的阅读与此法类似。

6. 旁通型阅读：博雅阅读，培养精神贵族。前引朱子读书法中所总结的"读书六法"，近似于旁通型阅读。对现代社会的大多数人来说，应注重培养旁通型阅读，学会在阅读中知行打通、古今打通、中西打通，成为知识上精神上先富有起来、先高贵起来的一部分人。

四、道通天地：经典阅读的价值

关于经典阅读的价值意义，已有不少很好的论述，以下据我个人的理解，做一些阐发，诚如刘勰所谓"有同乎旧谈者，非雷同也，势自不可异也；有异乎前论者，非苟异也，理自不可同也"（《文心雕龙·序志》）。

第一，阅读以脱贫困，达致精神上的富有。三十年前，邓小平让一部分人生活上先富起来，在物质上脱贫。二十年前，余英时先生说让一部分人精神上先富有起来。精神上的富有和高贵需要通过阅读来积累、储蓄精神财富，通过切磋、讨论、研究、写作来交流交换精神财富。我们已经培育出了中国特色的商品（生产）市场，还应该孵化培育出具有中国特色的知识及思想的市场。

第二，阅读以启蒙昧，走向理性与智慧。经典阅读可以使人类在最古老的道德遗训与最前沿的科学假说所形成的具有张力的广阔海洋中自由涵泳，使个体生命和心智能够迅速成长起来。从某种意义上说，现代胎儿从受孕到分娩的十个月，重复了自然演化史五亿年的成就；孩子从出生到大学毕业所学到的知识，也是人类文明史一万年的累积。一个人穷其一生所阅读所经历的种种，从学理上说，是可以达到他的时代的前沿。不仅德行上人皆可以为尧舜，就是在知识上也皆可以为尧舜。

第三，阅读以祛弱小，使个人和民族强大起来。经典阅读可以以"追忆"的方式不断激活古圣前贤，不断向古人致敬，站在古人的肩膀上朝前行走。在你的身后和内心中，有超过一个军团以上的古圣前贤帮助你呐喊，为你助威，你能不强大吗？

第四，阅读以补空白，为知识的宝库添加新的增量。经典阅读可以让我们发现已有知识的不足和空白，获得创新和创造的灵感。所谓创新，其实并不神秘，与孩子在海滩上拾贝，淘宝者在旧货市场上捡漏类似。往往是踏破铁鞋无觅处，得来全不费功夫。

第五，阅读以救褊狭，使个人与社会具有宽容与恕道。不同种族、不同宗教、不同肤色、不同性别的人可以和睦相处，共同建设人类赖以生存的这个小小的"地球村"；共同开发外太空以及其他星际，并能与其他物种和生命体互不侵犯，和谐相处。

第六，阅读以散书香，移风易俗，改良社会。经典阅读是导入"书香社会"的路径，而"书香社会"是国民素养提升、国家软实力提升的表征，也是实现民族伟大复兴的必由之途。

余论：关于经典阅读的另外几点思考

从阅读态度上说，经典阅读首先应对经典能"居敬持志"（朱熹），具有"温情与敬意"（钱穆）、"了解之同情"（陈寅恪）。

"五四"新文化运动作为近现代史的分水岭的意义与价值，是任何人都无法否定的。但"五四"时期把一切问题都归咎于传统，归咎于经典显然应该反思，至于打倒孔家店，"只手打倒孔老二"的口号，作为一场启蒙运动与政治文化运动的招幌，作为吸引眼球的提法,可以一笑了之。"文化大革命"中的破四旧、立四新,批林批孔批宋江。我迄今不知一个现代政党中被认为有路线错误的人,与古典思想家及说部小说中的人物,有何本质的、必然的联系?

结果是,四新未必立起来,但四旧却被全面彻底地砸得支离破碎,被打得落花流水。中华文化中根性的东西、基质的东西被伤害得很严重。而20世纪初要打倒孔老二,这个世纪初又要借孔子弘扬中华文化,此一是非,彼一是非?历史果真就是一个任人打扮的小女孩,由人随意捏的橡皮泥吗?

从阅读内容上说,经典阅读不是新的读经运动,更不是国学复辟。经典应既包括儒家的四书五经或十三经,也应包括道家、释家、墨家、兵家、法家、阴阳家等百家的典籍。经典应是百家的经典,百花的精粹。

从阅读时空上来说,经典阅读应包括古今中外。关于古,前面已涉及不少,不再重复。那么何谓今呢?今有哪些经典?为什么今的经典少?值得思考。有人已开始编辑现当代文学的经典,不少出版社也打出20世纪学术经典的招幌,中国现代文学馆的吴义勤先生致力于中国现当代文学的经典化研究,已有不少成果刊行。

另外,外国的经典包括那些?为什么?一百年来,我们学习外国的经典是否太多了,到了应该排斥外国经典的时候了?换句话说,是否阅读中国经典与学习外国经典就是你死我活、水火不能相容呢?知名科学家饶毅最近发博文提出一个让我们警醒的问题:"赛先生在中国是否还是客人?"

从阅读最佳时期说,有人说少年读书如石上刻字,中年读书如粉笔写字,老年读书如水上画字。故应该珍惜青少年的宝贵时间。

从阅读组织上说,经典阅读应该是一种自发的民间的活动,或者说应该更多激发起民间的力量来推动,行政机构不要包揽一切。由民间萌发的力量可以长久地蓬勃发展;而由行政机构主导的活动会因新的运动的出现,难免此起彼落、此消彼长,难于在大众心中扎下根,结出果实。

记得有一位学者说过:一个人的精神发育史,应该是一个人的阅读史,而一个民族的精神境界,在很大程度上取决于全民族的阅读水准;一个社会到底是向上提升还是向下沉沦,就看阅读能植根多深,一个国家谁在看书,看哪些书,就决定了这个国家的未来。读书不仅仅影响到个人,还影响到整个民族,整个社会。要知道:一个不爱读书的民族,是可怕的民族;一个不爱读书的民族,是没有希望的民族。

(2015年5月24日在中国现代文学馆的演讲)

大数据时代,我们如何教中文?

引言

先说几则关于大数据时代到来的材料:

第一件事是阿尔法狗(AlphaGo)战胜人类围棋顶级选手的消息。AlphaGo 是一款围棋技艺方面的人工智能程序,由谷歌旗下 DeepMind 公司戴密斯·哈萨比斯领衔的团队开发。其主要工作原理是"深度学习"。2016 年 3 月,阿尔法狗战胜围棋世界冠军、韩国职业九段棋手李世石,成绩是以 4 比 1 获胜;2016 年末 2017 年初,又与中日韩数十位围棋高手进行快棋对决,连续 60 局无一败绩;2017 年 5 月,在中国乌镇围棋峰会上,阿尔法狗的升级版 Master 又与围棋排名世界第一的柯洁对战,以 3 比 0 的总比分完胜。

再说第二件事。也是近日的事情,微软公司开发的智能机器人小冰创作的诗集《阳光失了玻璃窗》出版,引起了广泛讨论。据说机器人小冰的卓越之处在于它具有本体论知识,首先构建不同诗歌意象之间的本体论关系,其次进行简单的关联分析进行组合。问题是，机器人依照程序编制出的东西可以叫"诗歌"吗，这一过程可以称得上"创作"吗？

与写作相关的另一件事情是同声翻译，科大讯飞公司发布了全球首款实时中英互译机器"晓译翻译机"。这个机器可以做到：中文进，英文出，瞬间同传！据说晓译翻译机已经达到了大学英语六级水平，下一步公司还要开发针对法语、德语、西班牙语、俄语的同声传译设备，今后不论是学习、工作、出国旅行，晓译翻译机都可以成为每个人最便携最贴身的翻译官！所以有人惊呼，同声翻译这个行业要消亡了。

再说第三件事，阿里巴巴的无人超市开业。2017年7月8日，马云的第一家无人超市，在杭州开业了。马云说，阿里巴巴在未来想做五件事情，帮助中小企业，帮助年轻人，帮助女性，实现"五个全球"（全球买、全球卖、全球付、全球运、全球游），建设"五新"（新零售、新制造、新金融、新技术、新能源，也就是大数据）。马云团队还宣布吹响进军公交、医院、移动电话联通的集结号。

第四件事是关于一本新书。以色列学者尤瓦尔·赫拉利在2011年出版了《人类简史》，曾连续占据以色列图书销售榜榜首100周。《人类简史》随后被译为33种文字，席卷世界，引起学界、媒体、大众的极大兴趣，被形容为脑洞大开，刷新三观。2015年他的《未来简史》希伯来文版诞生了，并在2016年被翻译为英文，2017年译成中文。作者在新书中认为，在解决人类新问题的过程中，科学技术的发展将颠覆我们很多当下认为无须佐证的"常识"，比如人文主义所推崇的自由意志将面临严峻挑战，机器将会代替人类做出更明智的选择。 更重要的，当以大数据、人工智能为代表的科学技术发展日益成熟，人类将面临从进化到智人以来的一次改变，绝大部分人将沦为"无价值的群体"，只有少部分人能进化成特质发生改变的"神人"。 未来，人类将面临三大问题：生物本身就是算法，生命是不断处理数据的过程；意识与智能的分离；拥有大数据积累的外部环境将比我们自己更了解自己。如何看待这三大问题，以及如何采取应对措施，将直接影响人类未来的发展。

在整个世界日新月异、变动不居的同时，也有人指出学校的教室、宗教的教堂几百年来变化很小，区别不大。

面对大数据时代的迅猛到来，高等教育如何迎应变化，包括中国语言文学学科在内的传统人文学科如何从事教学？哪些要变，哪些要守？哪些要微调，哪些要强化？这是我们这些从业者应该预先思考与探讨的。

一、与时俱进，分享大数据时代的新技术

面对三千年未有之大剧变，按照尤瓦尔·赫拉利所说是四十万年以来从人类成为智人以来的又一次大变化。我们是恐惧并抵抗这次大剧变，还是与时俱进主动拥抱新时代呢？

我个人认为，我们应该分享并利用大数据时代的每个技术进步。目前，数据库、搜索引擎、在线教学、网络课程、视频教学、音频教学、自我编程等技术都比较成熟，可以直接拿来，引入到教学科研中。

我们每位学人都在使用各种数据库,也在使用百度、必应、谷歌、维基百科等搜索引擎和百科文库,且好多人的网络阅读、收集阅读、终端阅读数量已经超过了纸质阅读,但另一方面,我们也在大力抨击"碎片化阅读",反对学生过多引用电子文献。

所以,对大数据时代的到来既要热情拥抱,又要特别理性,特别冷静。拥抱是一种欢迎的礼仪和姿态,理性和谨慎则是学者的基本操守。不是要各位沉溺其间,不是被技术的海洋所淹没。

对人文学科来说,我们还仅仅视这些新技术是"技"而非"道",是教学科研的辅助而非取代我们的思考,取代我们的教学和研究。"工欲善其事,必先利其器。"最大限度地利用这些新技术,可以更好地助力我们的教学科研。

二、以学术为志业,用科研的新突破刷新并升级教学

"志业"一词是用马克斯·韦伯《学术作为一种志业》中的概念。我们面临的时代一是数据主义甚嚣尘上,另一是专业主义深入人心。把中文专业的学科建设仅仅理解为教学是远远不够的,也无法抵御大学中专业主义的侵凌。目前还找不出解决这一问题的最优方案。唯一可行的,也是对年轻的从业者负责任的建议就是,要两条腿走路,既要有人文教育的理想,又要有专业研究的思维。

专业研究的思维不仅仅是写论文、写专著的思维,而是科学研究的思维。科研的思维就是不断发现问题、提出问题、解决问题的思

维。我们鄙视论文至上,论文量化考核,但也需要提醒教学战线上的各位同人,在当下的高校,不能搞教学只能搞科研的教师还可以一俊遮百丑,但不能搞科研只能搞教学者,则注定要成为专业主义体制的牺牲品。虽然都属于"跛脚鸭",但前者损失小,后者牺牲大。

另外一点,就是要把我们学术研究的新突破、新成果迅速转化为教学资源。目前的课堂教学对学术前沿的变化很不敏感,滞后于学术前沿三至五年。而各级各类教材编写对学术新观点、新理论、新方法也很谨慎与保守,仅仅把学术界已形成共识的看法吸收进教材,而鲜活的、激烈的学术争论并不能写入教材。这样的双重滞后加起来,教材和教学至少落后于学术前沿十年以上。十年对于自然科学和技术科学意味着什么,我想不需要我再饶舌。我自己参加了一部"马工程"全国统编教材的编写,主编过一部"马工程"配套教材的编写,深感这一方面的问题。

三、倡导现地教学,走进文学发生的现场

金人元好问《论诗三十首》其十一:"眼处心生句自神,暗中摸索总非真。图画临出秦川景,亲到长安有几人?"元好问的诗批评当时诗画创作的陋习,不深入实际,实地写生,获得灵感,而是冥思苦想,闭门造车。这里借用来说教学。讲历史上的经典名篇,时间上虽然无法回到古代,但空间上还可以带学生勘踏遗址,走进文学发生的现场,获得更多的信息,让学生在特定情景中感受经典传达出来的那种神奇力量。

孟浩然《与诸子登岘山》："人事有代谢，往来成古今。江山留胜迹，我辈复登临。水落鱼梁浅，天寒梦泽深。羊公碑尚在，读罢泪沾襟。"宇文所安将羊祜、杜预、孟浩然、杜甫、皮日休等登临岘山作为一个案例，归纳总结出中国古代文学中的一个范式——"追忆"。我自己在20世纪80年代曾登临过一次，才意识到柳宗元所讲的"美不自美，因人而彰"。

《西厢记·长亭送别》："〔正宫〕〔端正好〕碧云天，黄花地，西风紧。北雁南飞。晓来谁染霜林醉？总是离人泪。〔滚绣球〕恨相见得迟，怨归去得疾。柳丝长玉骢难系，恨不得倩疏林挂住斜晖。马儿迍迍行，车儿快快随，却告了相思回避，破题儿又早别离。听得一声去也，松了金钏；遥望见十里长亭，减了玉肌：此恨谁知？"这段折子戏如果在教室里讲授，肯定效果平平，如果能在郊外车站分角色朗诵，特别是能按照剧本提示，在规定的时间、地点复述这段情事，应该能取得意外的效果。

四、教学新反转，多让学生唱主角

翻转课堂（Flipped Classroom），也被称为"反转课堂式教学模式"，简称反转课堂或颠倒课堂。最早起源于美国科罗拉多州一个山区学校——林地公园高中。林地公园高中的教师常常被一个问题所困扰：有些学生由于各种原因，时常错过正常的学校活动，且学生将过多的时间花费在往返学校的巴士上。这样导致很多学生由于缺课而跟不上学习进度，直到有一天，情况发生了变化。2007年春天,学校的化学教师乔纳森·伯尔曼和亚伦·萨姆斯开始使用屏幕捕捉软件录制 PowerPoint 演示文稿的播放和讲解。他们把结合实时讲解和 PPT 演示的视频上传到网络,以此帮助课堂缺席的学生补课。

我的新反转教学实验是:在规定的教学单元中,干脆把教学的主动权交给学生。首先,让学生自己准备 PPT 和发言大纲。其次,让学生主持一个单元教学,让他们轮流讲授,轮流发表,让他们自己计时,相互评教评分。我的具体做法与师范类的试讲和教学实习不同,不是让他们熟悉教学的程序,而是要发掘出他们的灵感和火花,要他们认识到他们也可以成为教学中的主动者,而不是永远是被动者。

五、亲近自然,发现自然美

《论语·先进》第十一:(点)曰:"莫春者,春服既成,冠者五六人,童子六七人;浴乎沂,风乎舞雩,咏而归。"夫子喟然叹曰:"吾与点也。"据此我们知道,孔门教学,很看重与大自然的接触,亲近自然,回到人类的原初状态,在真实的自然状态中体验艺术美。这不仅是抵制专业主义,同时也是抵制数据主义,防止人类异化、机器化的一个重要途径。

陶弘景《答谢中书书》:"山川之美,古来共谈。"汤显祖在《牡丹亭》中通过杜丽娘之口说:"不到园林,怎知春色如许?"杜丽娘的唱腔:"原来姹紫嫣红开遍,似这般都付与断井颓垣。良辰美景奈何天,赏心乐事谁家院?朝飞暮卷,云霞翠轩。雨丝风片,烟波画船。锦屏人忒看的这韶光贱!"《牡丹亭》的故事发生在园林里,人物性格也是通过园林展开的。

花园之重要性:现实场景,重要之事都发生在花园里;心灵之园、精神之园、情感之园。

引导学生从读文献文本转向读图绘文本,再从读图绘文本转向读自然文本。

六、知能并重,创造艺术美

中国传统艺术的形式很多,琴棋书画舞,诗词曲赋文,都有它们的独到之处。老师通过教学,要让学生喜爱这些国粹。真正的爱不能停留在抽象的理念上,而是要传习实践,或鉴赏,或临摹,或创作,发现文章之美,感受文章之美,创造文章之美。

小结

大数据时代的到来,对社会生活的各个方面都会发生冲击,高校教学特别是中文学科的教学科研也不能幸免。本文第一点说的是迎应,第二、第三、第四点说的是主动调整变化,第五、第六点说的是坚守人文性和创造性。

毕竟发现美和创造美是人类的古老禀赋,而发现与创造的过程又因人而异,无规则无定法,甚至不可重复。程序、智能还无法处理单独的个案,特别是浸染了浓厚的个体生命体验的东西,智能机器目前做不到,智能机器设计者也没有这个"情商"。至于善于深度学习的机器小子已经有了新的进步，它的古老的人类之父再提高门槛与它进行较量，兵来将挡，水来土掩，人类还有足够的时间来思考这些问题，找寻恰切的解决方案。

甭急，先坐下喝杯碧螺春，听一曲《阳关三叠》，看一眼熙来攘往、川流不息的街景，我在故我思。人类的这些独特体验和感受是智能机器的盲区，无法与人类比较，更无法分享，无法竞争，所以我们也不必过分渲染和夸张数据恐怖主义思想。

评论家的两味药：学理化与诗意化

董桥曾经说过，要不时给自己的笔进一下补。还特意将《英华沉浮录》第九卷改题为《给自己的笔进补》，又洋洋洒洒了一段话。

常言说冬病夏补，现在正是进补的好季节。男性应补，女性也应补。老年人应补，中青年也应补。作家应补，评论家也应补。走进药材铺子，补品琳琅满目，东西南北海陆空中外古今，应有尽有，花花绿绿，令人目不暇接。评论家的学理化与诗意化也是其中的两味。

先说第一味药：评论家的学理化。这个命题最早不是我提出的，说的人已不少，赞成的反对的都有，煞是热闹。当代较有代表性的应推王蒙的看法。他老人家曾专门写过《一个值得探讨的问题——谈我国作家的非学者化》[①]，但我不是对王蒙观点的简单重复，而是一种推进和延伸。

区别主要在于：首先，王蒙说的是学者化，我说的是学理化，

---

① 王蒙：《一个值得探讨的问题——谈我国作家的非学者化》，《读书》1982年第11期。

虽仅一字之差，但意思相差甚远。其次，王蒙是从反命题提出，我是从正命题切入。第三，我是念古典的，还可以拉扯出更早的说法，比王蒙更早更有名头的宋人严羽，在他的《沧浪诗话》中已有如下的表述：

> 夫诗有别材，非关书也；诗有别趣，非关理也。然非多读书，多穷理，则不能极其至。所谓不涉理路、不落言筌者，上也。诗者，吟咏情性也。盛唐诸人惟在兴趣，羚羊挂角，无迹可求。故其妙处莹彻玲珑，不可凑泊，如空中之音，相中之色，水中之月，镜中之象，言有尽而意无穷。近代诸公乃作奇特解会，遂以文字为诗，以才学为诗，以议论为诗。夫岂不工，终非古人之诗也。盖于一唱三叹之音，有所歉焉。且其作多务使事，不问兴致；用字必有来历，押韵必有出处，读之反复终篇，不知着到何在。其末流甚者，叫噪怒张，殊乖忠厚之风，殆以骂詈为诗。诗而至此，可谓一厄也。①

严羽说唐诗主情，本朝诗（宋诗）主理，有些贵古贱今。后代人借着严羽的话批评宋诗，我自己主修唐诗，也跟着严羽起哄了几十年。但最近忽然醒悟到，我可能误解了严羽，也误解了宋诗。其实严羽的话很圆融，两头都说到了，并不是一味反对读书，反对穷理。后人执于一端，不及其余，大肆发挥，充类至尽，反倒是走到了另外一个极端。

---

① 严羽：《沧浪诗话校释》，郭绍虞校释，人民文学出版社1983年版，第26页。

其实世上万事很奇妙,痛骂人生识字糊涂始的是大文豪苏东坡,捍卫孔教与纳妾合理的是留过洋的辜鸿铭。往往最有学问的人敢说书并非最重要,最有钱的人能说钱并非万能,这是任性,也是底气和自信。我们跟着瞎起哄啥呢?

本文打算从另外的角度提出问题,既不得罪严羽,也不针对王蒙。我认为,若要把学理化这一剂补品拿去化验,发现至少包含着如下成分:

首先是知本积累。我曾在一篇文章中提及几组对应关系:商品对应的是商业市场,活跃的是商(业)人;资本对应的是资本市场,活跃的是资本(人)家;思想对应的是思想市场,活跃的是思想(者)人;知识对应的是知本市场,活跃的是知本人(知识人)。其中的关键词是市场(平台)、交换(交流、交通、交易等路径)、积累。因时间关系,不展开。从商品到资本到思想再到技术到知识,不是封闭、孤立、隔绝的几个领域,而是互相叠加的,互相渗透的,互相作用的。所以全球化既是商品和资本的全球化,也是文化和知识的全球化。

马克思的一个贡献是从现代资本主义的细胞商品研究开始,讨论资本,发现资本主义大厦的秘密:价值与剩余价值。但马克思没有展开,其实思想、技术、知识、文化的交换交流,与资本的运行也有类似之处。

循着这样的理路,我们可以继续讨论与知识相关的问题。譬如说,知识(知本)作为文明社会中的细胞、元件与芯片,知识或知本的流通与交换,知识或知本的能量化,知识或知本的数字化(数位化)云端化,知识或知本的植入与移出,知识或知本的病毒与污染,等等。

还比如说,人运用知识制造出智能机器,与智能机器对弈,但最终能战胜智能机器吗?以色列学者尤瓦尔·赫拉利在2015年出版《未来简史》的希伯来文版,2016年被翻译为英文,2017年被译成中文。作者认为,在解决人类新问题的过程中,科学技术的发展将颠覆我们很多当下认为无须佐证的"常识",机器将会代替人类做出更明智的选择。当以大数据、人工智能为代表的科学技术发展的日益成熟,人类将面临从进化为智人以来的一次改变,绝大部分人将沦为"无价值的群体",只有少部分人能进化成特质发生改变的"神人"。 未来,人类将面临三大问题:生物本身就是算法,生命是不断处理数据的过程;意识与智能的分离;拥有大数据积累的外部环境将比我们自己更了解自己。如何看待这三大问题,以及如何采取应对措施,将直接影响着人类未来的发展。①

又比如说,马克思在资本主义的早期以革命者的姿态揭露、批判资本主义,那么在知识主义甚嚣尘上的当下,是否也应反思包括技术、科学在内的知识病毒、知识污染?

其次是实证实验。科学革命是工业革命的最重要助推器。实证试验是近代科学革命的基本方式。

再次是预测预见。汉语成语说未卜先知有点夸张,但如果通过

---

① [以色列]尤瓦尔·赫拉利:《未来简史》,林俊宏译,中信出版社2017年。

卜筮测算，能知过往知未来，知天文晓地理，则是可以做到的。预测预见是未来学的主要内容，听起来神秘玄妙，但方法工具却是很科学的实验实证法。通过现在的数据和现象，可以推测未来，通过史书中过去的数据和现象，也能推出现在和当下。那么，我们现在和当下该如何说如何做如何写，也就不言而喻了。老话说温故知新、继往开来，这是很重的一句话，必须敬畏。

第四是美美与共。知名社会学家和人类学家费孝通晚年一直强调他的一个观点：各美其美，美人之美，美美与共，天下大同。人类因自私和偏狭所致，只看到自己孩子好自己文章好，不懂得欣赏别人家的孩子别人的文章；只关心自己的村庄和部族，而不在乎别的村庄和部族；只同情人类这一种动物，而不在乎别的物种；只埋头于建设地球文化，而不了解茫茫宇宙中还有其他文明。

最后是发现发明。发现是指找到被隐藏被遮蔽的存在，发明是创造一个不存在的物件。譬如说电磁波是本来存在的，飞机、计算机、手机过去并没有，前者就是发现，后者则是发明。在文学的领域，创作更多的是艺术和美的发现，而评论则更多的是对艺术和美阐释的发明。

再说第二味药：评论家的诗意化。我自己是教书的，业余搞点研究，应属一个半吊子学者。一般认为，"诗意化"一语源自德国诗人荷尔德林，后因被20世纪德国的另外一位哲学家海德格尔引用而广为人知。诗意化的补品至少有如下元素：

首先是诗意的想象。爱因斯坦说过：想象力比知识更重要。现代新文学主将郭沫若在第一次全国科学大会上做过题为《科学的春天》的报告,给科学家和学者抛了一个球:不要让想象成为诗人的专利,科学家也应张开想象的翅膀。科学家和学者接住这个球了吗?不好说。在我看来,严重的是,不仅自然科学家、人文社会科学家缺乏想象,连诗人作家想象的翅膀也在退化,退化到快成了人体上的尾骨了。人体经过千万年的自然演生,尾骨能摸得见却看不见,我们称之为进化。但想象力翅膀的缺失,则只能称为蜕化或退化。

其次是诗意的天真。天真在中国文化中是个哲学概念,有天然、自然、率性、任性、素朴、本真等的意涵。安徒生的不朽童话《皇帝的新衣》昭示我们,天真本来是人与生俱有的能力,与知识、学问、教养、年龄等等没有一毛钱的关系。小孩子天性未泯灭,天真未遮蔽,童言未受污染,故能看得见真相,也能说得出真话。成年人长身体了,也长学问长见识了,反而看不见也说不出口。说明天真与年龄是互逆的,也说明我们的天真在退化,难怪道家始祖老子倡导人类要"复归于婴儿"呢。

再次是诗意的幽默。幽默是一种高等级的聪明和智慧。诙谐、讽刺、挖苦、批评、批判都离不开幽默。但此点说起来容易,做起来很难。现实中有好多的禁区和红线,是不允许幽默的。不仅不允许学者幽默,也不允许诗人艺术家幽默。

那么,我们能不能退而求其次,拿自己幽默或者自嘲呢?理论上说可以,但实际操作中也要适度。因为你不仅仅是你自己,你同时属于某个阶层,你属于哪个阶层,也就代表哪个阶层,你可以作践自己,但不能伤及你的阶层或阶级,否则那个阶层或阶级的人也会和你没完。

最后是诗意的表达。明清的八股文遭到很多批判,现代的学报体、论文体、博士体、新闻联播体,也为人诟病。说明自由的、不拘一格的、新鲜活泼的表达不容易,大胆的、放言无忌的表达很难,深情绵邈、寄托玄远的表达就更难了。比较容易做到的是按统一的模板来写来说,再就是克隆、山寨、模仿、因袭,从工业制造到论文写作再到艺术创作,屡见不鲜的就是这类垃圾。这类垃圾也能拉动 GDP,也能解决众生所关心的房子、票子、车子,但无关乎创新,更无关乎诗意化。

以上是我开的两剂补品,各位可以各取所需,遵医嘱照方抓药可以,随意增减配伍也可以;温武火并用可以,煎蒸烹炒也可以。有病治病,无病强身。啰唆一句,我开的补品有"准"字号,只不过仅仅是"健"字类的,并不是 Rx 或 OTC 类的(处方药或非处方药),不一定有实际疗效,当然也没有多少毒副作用,至少可以当安慰剂用。

再回到董桥。他还说过,文字是肉做成的。老先生拿通感当意淫,痴迷文字到了肉身崇拜的地步,似乎每首用汉字写成的旧体诗都是香艳的小鲜肉。

这样说来,学理化适宜于缺乏知性的身体进补,而诗意化适宜于缺乏感性的身体进补。学理化主要针对言有序、言有物的问题,诗意化主要针对言有情、言有美的问题。与是否是作家或评论家倒无大的干系。

（在西北大学首届作家高级研修班及西安市文艺评论高端培训班的演讲）

一书、一师与一学科

我和刘学锴先生认识很多年了。因为中国唐代文学学会的秘书处设在西北大学，我是秘书处的工作人员，这就给我提供了一个方便条件，能够较早与全国各地从事唐代研究的一流专家和老师有比较多的联系。刘先生过去给我的印象是不苟言笑，很严肃。他的形象和余恕诚老师的形象不太一样。余老师见人就笑。刘先生就是昨天、今天笑得比较多，过去笑得比较少。所以我见余老师不害怕，与他交流较多。过去见刘先生还有点敬畏，以后我会向刘先生更多地请益。

我想讲这样一个意思：就是一部书、一位学人与一个学科。我和传志兄，还有在座的几位都是在一个学校先当学生、再当年轻教师、再当老教师，也做过一些管理工作，都在一个学校待得比较久。像安徽师范大学、西北大学这样一些地方院校，传统学科究竟该怎么发展呢？我们可能都有一些焦虑，甚至困惑。我觉得，《唐诗选注评鉴》编著的成功，可以找到答案。本书对于学科建设，有以下方法论的启示或意义：一是通过阐释经典来形成学术精品，二是通过研究经典来形成学术研究的平台,三是通过教授经典打造人才培养的高地。

第一个方面,刚才各位谈得比较多,讲得非常好。唐诗选本有很多,怎样做到专、精?这部书给我们提供了一些启示。首先,它的体量要比我们过去看到的100首或者300首要大一些,应该和中国社科院文学所的《唐诗选》、马茂元先生的《唐诗选》的体量差不多。入选500首到600首,相当于从《全唐诗》里边挑选了1%左右。就历代的入选、评笺和教材里边的一些情况来看,我觉得这个体量是比较适中的。过去100首,大家没有办法变通,比较难发挥。这个规模可以让刘先生更多地发挥他的一些独到的理解。第二,就是体例的全面和系统,有校注,有笺评,有鉴赏等。其中评笺、集评和鉴赏做得好。我觉得评、鉴实际上是一个接受史,就是一首诗的接受史。如果用西方的术语来说,它实际上是对一首诗所做的知识考古学的专业研究。现在年轻学者做博士论文、硕士论文,就一首诗的接受或一首诗的知识考古,工作做得不细致,不深入。刘先生这部书的价值与意义,表现为三个"体":体量的超大,300万字左右;体例的全面系统;体验的特别标举。体验的特别标举体现在选家的眼光和鉴赏的独到见解,他的鉴赏部分显得很特别。这其实也有一个积累过程,刘老师早年参加《唐诗鉴赏辞典》的撰写,又给电台写过大量鉴赏文章,所以这部书可以说是水到渠成的。

第二个方面,刚才各位讲得比较少,就是这部书不是大兵团作战,而是由刘先生一个人独立完成。刘先生这一辈子只做一件事儿,就是教书、写书。刚才董乃斌老师说从刘先生的书看到了工匠精神。当下学界一边倒地呼唤大师、培养大师，我觉得可能会误导全社会。目前的实际情况是，许多学人大事做不好，小事不屑于做。中国现在缺大师，当然要呼唤。可大师是天才，是自然成长起来的，不是揠苗助长培养出来的。1亿人里面出一个大师就可以了，一个时代有三五个大师点缀一下就不荒凉了。绝大多数人能成为好工匠就不错了，特别是在古典学领域，前贤已经做得非常细致，我们必须以工匠的精神来精准对接学术史，才有可能对学术有一点修正和推进。

我觉得刘先生的工作，就是以工匠的精神来做一件精品，以一人之力成一家之言。这继承了传统的研究方法，前后比较统一，个人的见解也能够充分地彰显出来。如果大兵团作战，反复商量的话，可能就要折中，折中以后特色就不突出了。这是我要说的第一点。

第二点就是通过研究经典形成学术研究的平台。刘先生和余先生在学术研究上示人以轨辙，他们的李商隐研究系列、温庭筠研究系列，实际上就是给古代文学研究者展示究竟该怎样选择课题，怎样做研究，年轻人该怎么成长，有成果之外的方法论意义。现在好多年轻人不知道该怎么做。其实，很多唐代文学研究就是从做一家入手，刘先生和余先生也是这样，在完成了这两大系列以后，再做断代的或前后打通的研究，给我们提供了范例。李商隐研究、李商隐诗集的编年、李商隐文集的编年和温庭筠的研究，给20世纪的学人争得了体面，尤其是给我们大陆学者。这些著作放在国际汉学界，我们应该感到自豪。同时，我想正因为有这样几位笃实的学者，奉献出这样一批扎实的成果,安徽师范大学拿到了一些重要的平台,包括获得一级学科博士点和教育部文科重点研究基地中国诗学研究中心。

第三个方面,刘先生、余先生这些老辈学者值得我们学习的,就是教书。参加今天会议的,有一大部分是安徽师大的子弟,包括留在安师大的学人和从安师大走向全国的才俊。应该说,刘先生还有一项成果,没有写在纸上,而是写在大江南北、长河上下。刘先生和安师大老辈学者培养的几代学人,散落在全国各地各类学校,化身千亿,教书育人。特别是1960年前后出生的这一批,像彭玉平、查屏球、彭国忠、沈文凡、胡传志、吴怀东、方锡球、刘运好等,将来还会在学术上有更大的发展。这些都得益于老辈学者的精心培育。安徽师范大学中国古代文学学科能获得国家级教学团队称号,也是实至名归。作为一所地方院校的传统学科,人才培养的经验是值得我们学习和推广的。

当然,对安徽师范大学、对其他更年轻的管理者和学者来说,还有一个如何更好地继承弘扬、发扬光大的问题。现在教育部提出"双一流"建设,还有卓越人才培养计划,在追赶、赶超的过程中,怎样把自己的特色凝练好、发展好?我觉得,通过梳理刘先生、余先生等老先生的教学和研究经验,能够给我们做好一流学科建设、做好卓越人才培养以很多的启发。你们把经验总结出来,我们也会好好学习。

另外,中文学科最应该有文化自觉,而不是跟着人家今天这么跑,明天那么跑,跑错了,然后再回到原点。我们可否走慢一点,走稳健一点?调子不一定定得很高,但是得一直守正创新。这方面,安徽师大相当有特色,在新时代应该创造出新的经验。

[在《唐诗选注评鉴》(十卷本)出版座谈会暨唐诗选本研讨会上的发言]

文艺何以"高峰"

国人总喜欢说当前文艺创作生产存在有数量无质量、有"高原"缺"高峰"、抄袭模仿、千篇一律、粗制滥造等问题,习近平总书记在讲话中也指出了类似的现象,说明这是一个确实存在的也是迫切需要解决的真问题、大问题。

纵观中国文艺史,我们曾经不止一次出现过文艺的高峰:汉代出现过汉赋和乐府诗的高峰,唐代出现过诗歌、散文、传奇、音乐、舞蹈、绘画和书法的高峰,宋代出现过曲子词、话本的高峰,元代出现过散曲和杂剧的高峰,明清出现过古典小说的高峰。现代文艺史上,"五四"的狂飙突进后,也有过文艺的繁荣发展,涌现了鲁迅、郭沫若、茅盾、巴金、闻一多、冼星海、聂耳、田汉、刘海粟、齐白石、徐悲鸿等闪闪发光的名字。说明历史上的华夏热土不仅可以有高原,而且可以形成高峰。那么,当前文艺如何才能走向高峰呢?在我看来,形成高峰至少要有如下几个方面的支撑:

首先,高峰必须有一流的作品,或者叫精品力作、传世之作。一般来说,一流的作品论质不论量。唐代张若虚存世的作品不过两三首,但有被称作"诗中的诗,顶峰上的顶峰"的《春江花月夜》一首,"以孤篇压倒全唐"就足够了。当前不少作者,创作了不少作品,但能被人记住的没几篇,能传世的更没有,不仅没有高峰,连高原也谈不到,仅仅是制造了些文艺的"洼地"。

其次,高峰必须有一流的作家或艺术家。他们是整个文艺大合唱中的"领唱"或"第一把小提琴",这样的优秀人才多了,经过熏习濡染,整个文艺环境也会很高雅,经过积极的比学赶帮,良性的竞争淘汰,会形成名家辈出、争奇斗艳的景观。这自然是高峰的气象。

再次,高峰要有一大批一流的文艺评论家。好的评论家应该像刘勰所说的"操千曲而后晓声,观千剑而后识器",差的评论家也像刘勰所批评的"会己则嗟讽,异我则沮弃,各执一隅之解,欲拟万端之变"。被总书记多次提及的俄国19世纪文艺界,之所以能产生一大批优秀的作家和作品,使人们能对苦难的俄罗斯民族肃然起敬,除了作家本身创作才华的显现与展示外,还因为有别林斯基、车尔尼雪夫斯基、杜勃罗留波夫(中国学界简称为"别车杜"),他们鞭辟入里的批评与精致内行的阐释引导作家走向深刻与伟大。作家与批评家的良性互动,能促成更优秀的作品产生。作家与批评家的无原则的热闹捧场,也会形成文艺界特有的腐败:彼此用语言来行贿或受贿。

第四,高峰要有一大批一流的读者、观众、欣赏者,从而形成一流的文艺市场。优秀的作家与作品产生了,也要有读者或观众去欣赏他们、理解他们、肯定他们,为他们点赞。而恶俗的作品出现,也要有读者观众去鄙薄他们、远离他们。白居易去世后，唐宣宗李忱感叹"童子解吟《长恨》曲，胡儿能唱《琵琶》篇"，说明白居易作品传播和普及之广。被称为足球王国的巴西，全社会形成了崇尚足球文化的氛围，而被称为古典艺术故乡的欧洲，全社会能对交响乐、小提琴、油画、雕塑有深刻的理解，甚至时至今日，还能对行吟诗人的长篇朗读报以欣赏与尊敬。这种土壤又会反过来促成更优秀的作品问世。作家与读者形成了良性的互动。

第五，高峰要有一流的文艺发表、出版、翻译、展演、评价和管理机制。春秋战国时期，产生了《诗经》《楚辞》等优秀的文艺作品，也产生了老子、孔子、孟子、庄子等一批深刻伟大的思想巨人，中国学界称其为"百家争鸣"，西方学界则称其为"轴心突破"。若要再次出现百花齐放、百家争鸣的盛世景象，再次催生轴心文明的新突破，就需要改革与完善管理机制，使更多的优秀作品能脱颖而出。实现中华民族的伟大复兴，文艺也应该处于"高峰"时期，这就需要我们找到为复兴到来、高峰出现服务的管理机制。

有了一流的作品和作家，有了一流的批评家和受众，还有一流的管理机制，久久为功，就一定能矗立起优秀文艺作品应运而生的高峰。

业余的姿态

值此西安市评论家协会成立之际,按照会议的议程,要我代表新成立的协会及主席团成员表个态,我想用四句话来表达我此时此刻的感受。

第一句话,感谢。感谢西安市委宣传部、市文联、市民政局对我和全体会员的信任,特别要感谢吴部长、马部长、伯钧书记对协会成立的鼎力支持,也感谢在协会筹备过程中各方的配合、协助和支持,特别是在这一年多来,宣传部文艺处、干部处、文联学会处领导,以及杨辉、高亚平、穆涛、王潇然等的辛勤工作,也感谢今天与会的会员和主席团成员推荐我做本协会的首届主席,让我参与并见证了西安市评论家协会的产生过程。

第二句话,致敬。陕西省西安市是文学的大省大市,也是文艺评论的大省大市,优秀的评论家如群星闪耀,他们的名字光彩夺目。依然活跃在文艺评论第一线,并且笔耕不辍的,如刘建军、张华、畅广元、陈孝英、董丁诚、钟明善、茹桂、费秉勋、杜爱民、段建军、冯希哲、韩鲁华、李继凯、李国平、李星、李震、刘炜评、龙云、厚夫、仵埂、肖云儒、邢小利、薛保勤、杨乐生、张新科、张艳茜、赵学勇、周燕芬、谷鹏飞、贺智利。以上30个人的名单罗列得并不全面（未包括在外地的陕籍或西安籍的评论家如阎纲、周明、党圣元、李建军等），随后我们会征得他们的同意，以协会名义聘请他们作为我们协会的学术顾问，指导我们的工作。

除了仍然健在的评论家，陕西和西安已故的评论家是一座更高的大山，比如吴宓、张季鸾、李赋宁、张西堂、傅庚生、王子云、柯仲平、胡采、郑伯奇、王汶石、高海夫、王愚、孙豹隐、何西来、霍松林、安旗、薛瑞生等等。

我们要踩在这些先行者的肩膀上开始前行，我们也要在这样一个前哲与时贤已经做了很多开拓的领域继续耕耘。我们为他们而自豪，但他们也让我们有压力，对我们在当下开展工作构成了学术刺激和挑战。

第三句话，务实工作。习近平总书记在浙江工作期间，号召干部要"走在前列，干在实处"，按我的理解，走在前列要在先进理论引导下，有前瞻意识，有国际视野，有透视古今的通识。干在实处，就是不尚空谈，多做实事。文艺评论表面上看是件虚事，但可以虚者实之，实者虚之，也可做许多实事。

举个例子。大家都较多地关注王国维《宋元戏曲考》《人间词话》等。我除了重视他的学术开拓外，也关注他学术之外的情思与见解。我比较喜欢引用他的《人间词》中的《浣溪沙》组词：

月底栖鸦当叶看，推窗点点坠枝间。霜高风定独凭栏。

觅句心肝终复在,掩书涕泪苦无端。可怜衣带为谁宽。

山寺微茫背夕曛,鸟飞不到半山昏。上方孤磬定行云。
试上高峰窥皓月,偶开天眼觑红尘。可怜身是眼中人。

若能与他的《人间词话》中的相关论述对读:"诗人对宇宙人生,须入乎其内,又须出乎其外。入乎其内,故能写之;出乎其外,故能观之。入乎其内,故有生气;出乎其外,故有高致。……诗人必有轻视外物之意,故能以奴仆命风月。又必有重视外物之意,故能与花鸟共忧乐。"如果说前一首主要是"入乎其内"的重视与深情的话,那么后一首则主要表现"出乎其外"的轻视与高致。跳出 20 世纪的纷扰与纠葛,今天我们似乎能一定程度上出乎其外,上高峰窥皓月。这是一种超越的姿态,但王国维的深刻处在于,他戳破了我们的孤芳自赏,也揭穿了我们与传统的不可分离处:"可怜身是眼中人。"我们与我们的昨天是分不开的。新文化运动的主将胡适描述他创作新诗《尝试集》的心路历程时说:"我现在回头看我这五年来的诗,很像一个缠过脚后来放大了的妇人回头看她一年一年的放脚鞋样,虽然一年放大一年,年年的鞋样上总还带着缠脚时代的血腥气。"讲这话的胡适还算诚实。其实后来的文学也与前一代剪不断理还乱。另一位新诗主将、民主斗士闻一多 1925 年在纽约写到《废旧诗六年矣。复理铅椠,纪以绝句》:

六载观摩傍九夷,吟成鶗鴃总猜疑(一作"吟成鴂舌总猜疑")。唐贤读破三千纸,勒马回缰作旧诗。

神州不乏他山石，李杜光芒万丈长。

这几条材料说明什么？

说明并不是新文化主将、现代文学的先行者与传统彻底决裂了，而是后来的研究者、评论家，把它们塑造成、描写成与传统决裂的勇士，人为地造成现代文学与传统文化决裂。换句话说，所谓现代文学与传统文学之间存在"断层"的说法，可能是现当代学者用语言形塑的一个话语的"断层"，而未必是史实的"断层"。

第四句话，追求卓越。习近平总书记指出我们的文艺有高原而少高峰，这个批评主要是针对文艺创作的，但对文艺评论工作是否切合？如果切合，我们该如何走出困境，走向高峰呢？"打铁须得自身硬"，评论家应该加强自身修养，提高评论水平，自己立于高峰，才能与高峰上的一流文学家、艺术家平等对话，也才能指导文学和文艺的健康发展。

（在西安市文艺评论家协会成立大会上的发言）

绛帐与马融

我自己的学术背景不是经学研究，对马融的成就也谈不上有很深入的了解，在这里我仅就自己肤浅的体会说三点，可能是外行话，权算作是为了抛砖引玉，以此来表达一个中国传统文化爱好者、追随者的真挚感情和感受。

第一，文化世家，薪火相传。扶风马氏家族实际上不仅仅涌现出马援、马融这一两个人物，而是一个瓜瓞绵绵的文化大家族。古代称作文化世家，汉代也叫经学世家。这个经学世家的由来按照著名学者余英时先生《士与中国文化》一书中的观点，汉代的经学世家实际上有一个转变的过程，由西汉时期的武力强宗逐渐蜕变为东汉时期的文化世家。这个判断对于研究马氏家族也应该有一些启发。比如说西汉时期马氏家族的马援，是以武功传世的，到了东汉末年出现的马融则是以文化、经学、教育为人所知的。由武蜕变为文的这样一个特点和变化很明显，这是很有意思的。值得注意的是，不管是马氏家族还是汉代的其他家族，整个构成了中古时期中国文化的一个特点。这个特点和唐宋以后所谓的官僚家族有很大区别，有人说叫世族家族，有人说叫贵族家族。中古时期的贵族和国家民族的命运息息相关。研究中国文化、中国文学的人都知道《史记》中引用楚地的一句谣谚，叫"楚虽三户，亡秦必楚"，所谓的"三户"就是指芈姓楚国的屈、景、昭三大贵族，这三大贵族家族和楚国的国运不可分离。中古时期不管是汉代、魏晋南北朝，还是隋唐时期，大贵族和国家的命运都是密切相关的。从这一点可以看出，20世纪以来对贵族的研究，形成许多误区，产生许多错误观点，通过对马氏家族这样一个文化世家的解剖，可以给我们提供一个新标本。

第二，扶风兴平，人杰地灵。今天上午，我们一行驱车沿西宝高速公路从东向西赶来，沿途所见的路牌，扶风、绛帐、杏林、横渠、法门寺、宝鸡……对研究中国古代文化的人来说，都是耳熟能详的地名。这一片辽阔的土地上，也曾是前现代时期冗长的历史活剧发生、发展、高潮、落幕的大舞台，从史前社会到周秦汉唐各个时代，出现了一大批的仁人志士，各种各样的优秀人才。除了马氏家族之外，还有窦氏家族、班氏家族、颜氏家族等等。扶风旁边的眉县横渠也产生过关学大家张载，留下被称为"横渠四句"的"为天地立心，为生民立命，为往圣继绝学，为万世开太平"。旁边还有法门寺，也是一块钟灵毓秀之地。我觉得研究者既要研究马氏家族，特别是马援、马融的文治武功，又要进行综合研究和比较研究，古代的西府之地，各个家族中产生了这么多伟大的人才，其中有一些什么样的奥秘。为什么古代的大家族中能络绎不断地涌现这么多优秀的人才呢？为什么20世纪以来这种大的家族出现的很少呢，原因何在？我觉得这很值得我们研究。

第三，圆通辩证，和而不同。近年来，高层对优秀中国传统文化突出强调，习近平总书记在世界汉学总会及纪念孔子诞辰的会上，也多次表达对中国传统文化的致敬，可以让我们从过去的迷思中解脱出来。按照我的理解，所谓的优秀传统文化，不仅仅是儒学、经学，它还应该包括道家的思想、佛教的思想、法家的思想、农家的思想、兵家的思想，甚至还应包括世界上各种各样优秀的思想文化。20世纪初现代中国人的思想曾走到一个极端，1916年的新文化运动以来，提出过打倒孔家店的口号。前两年有人又想在天安门广场重新塑造一座孔子的塑像。当年打倒孔家店的是华夏子孙，重新塑立孔子雕像的也是华夏子孙。为什么要打倒？为什么又要重新塑造？这中间有什么样的学理关系呢？我认为21世纪中华文化的继承者应该审慎地、理性地、中和地、辩证地看这些问题，不能被人牵着鼻子走，一会说这样，一会说那样，缺乏独立思考。中华民族是一个理性的民族，中国的文化也特别强调实践理性，按照费孝通先生的说法，我们不仅要"各美其美"，还能"美人之美"，只有这样我们才能够系统全面地学习、继承、传播优秀传统文化，并能将其发扬光大。

我觉得不管是马融研究，还是儒学研究、国学研究、传统文化研究，都不一定要做得很大，也不一定要做得很快。20世纪60年代我们讲经济建设要"多快好省"，经济建设的多快好省该如何评价，这是一个问题。但是文化建设，特别是中国传统文化的弘扬和发展，依我个人的看法，可以做少一点，可以做慢一点，可以做得费事一点，但必须做精做好。所以我喜欢提的四个字是"少""慢""费""好"。只有这样，传统文化的弘扬才能出现传世之作。今天中国的高速发展有很多的优点，大家都知道，我就不重复了。但也有不少问题，其中之一就是"萝卜快了不洗泥"。这与传统文化的精义、马融思想的精义有很大的差别和冲突，所以要真正继承马融的经学思想、教育思想、文化思想，继承优秀传统文化。对马融当代价值的挖掘，不管是学理上的研究还是文化产业上的开发都可以做，不一定做得很大，也不一定做得很多很快，但必须做得很好，每一件都成为精品力作，能够藏之名山，传之后世，无愧于我们这样一个伟大的时代。

（在2014年马融文化论坛暨马融文化研究会、马融文化传播研究院揭牌仪式上的发言）

指缝沙

寂静好读书

放寒假前,接到几个国际交流的邀请函。平时因为每个学期都有课程,收到邀请要么婉谢,要么匆忙出行,像打仗一样。这一次则比较从容,缺点是把春节也搭了进去,要在境外过年。媒体上虽然能看到世界各国领导人与政要,秀他们与华人过春节的视频与照片,但那主要是为了做新闻。其实在国外,春节主要还是华人的一个节日。在大都市和华人社区之外,既看不到艳丽的烟火,也听不到震耳的爆竹。大年三十、正月初一与往日一样,该干什么还得干什么。没有了往日过年前后的奔波忙碌,感觉空落落的,真个是好山好水好寂寞呀!大把大把的空闲时间能干啥?唯有读书。

我寓居的小城斯坦福,使用美东时间,与北京时间时差13小时。此间的子夜时分,是东土的正当午。平时再赖床也不能赖到七八点。整个城市都熟睡了,我自己却像枯鱼一样,心明眼亮,辗转反侧。万籁俱寂静,唯有展书读。

我平日读的书分为两类。一类是为专业研究和写作,另一类仅仅为广见闻。专业的书应该像师长,肃穆庄严,不苟言笑,广大教化；增长见闻的书则应该像朋友邻里，三教九流，引车卖浆，有阅历有趣味，可亲可近，至少有点幽默感。

这次出行前，带了几本专业的书。为开学的课程和几个会议的论文写作做准备。第一个系列带的是日本学者森安孝夫的《丝路、游牧民与唐帝国》、荣新江的《中古中国与粟特文明》。这两部书在我的书桌上已经搁了很久，一直到最近才细细读了一遍，因为两书的论题有交叉，所以我又将相关联的部分比较着对读了一遍。这两书对于研究中国中古史，特别是深化丝路文化研究，都有大裨益，自不待言。我关注的是与我最近思考的李白与丝绸之路、杜甫与丝绸之路两个话题相关的。前一个话题我虽然写过文章，但思考的仍很浮泛。通过读这些新的材料，可以深化对李白的幽州之行、杜甫安史之乱前后思想及作品的准确理解。

我目前主持一项古代园林文学文献的课题，行前虽然已经举行了开题报告会，但究竟该如何展开研究，仍然思绪迷茫。在对西彻斯特大学的访问中，张迺建教授在行程中为我安排了到该校附近的长木公园进行专题考察。对于一般游人，游览公园是休闲放松，而我则将其与曾经读过的西方园林史的内容联系起来看，纸上得来的东西终究隔着一层，实地考察便豁然开朗。如果活学活用，与我要开展的中国古代园林文化研究相比较，中西文化在园林艺术上的差异性自然就凸显出来了。

第二类阅读纯粹是为了广见闻，无目的，无功利。一般学人仅对专业类的阅读关注，而对非专业的闲书没有什么兴趣，甚至很排斥，我则乐此不疲，行到水穷处，坐看云起时。每有会意，便欣然忘食。生命中的一大半时间，都耗在这类闲书中了。其弊处是不求甚解，无所作为。其益处则是精神很超脱，心境很空灵，生活很充实，整天忙忙碌碌，不知老之将至。

前几年因为喜欢董桥的文字，于是到处搜寻，大陆版、香港版、台湾版，几乎将能见到的董桥作品选本，搜罗殆尽，但其实我不想做董桥研究，只是有段时间迷恋他文字的那个调调。由董桥作品知道了陈之藩，于是特意购了他的全集，生吞活剥地啃这位工学博士的文化随笔，还考证出他与西北大学的前身西北联大的学术关系。后来在有声书中听到了小才女毛尖的影评文章，惊诧她记忆之好、文思之细、文字之尖新，于是到处访求，最后经舜华教授介绍，我们竟成了好友，我获得了她的《一寸灰》《凛冬将至》等在内的她的几部新作的签名本，我也将自己的几册小书赠给她。

广见闻的阅读最便捷的便是数字阅读，或叫网络阅读。学界许多人很鄙视网络阅读，认为网络阅读是碎片的、浅表的，其实是很虚假的。人类的美味，即便是法国大餐、满汉全席，也需要我们咀嚼成碎片才能下咽，你总不能把全羊或整只鹅搬到你的胃里吧。

当下人类已经须臾离不开网络，中国人对网络的依赖性更高，出行购物要上网，办公学习要上网，读书自然也不例外。除了专业的阅读对版本有特别的要求，一般的浏览与闻见，通过网络可以迅捷地免费获得大部分资源。我自己通过网络，阅读了霍金的《时间简史》、尤瓦尔·赫拉利的"简史"三部曲（包括《人类简史》《未来简史》《今日简史》）、岳南的《南渡北归》。特别是亚马逊和喜马拉雅网站上海量的有声书、视频书，使得阅读不再是一件枯燥单调的事了，而是很有趣也可以很时尚的。当我戴着耳麦在散步或赶车时听钱穆的《中国历代政治得失》、许倬云的《万古江河》或王东岳的《知鱼之乐》时，学生们遇到还以为我偷闲学少年，在听网红的流行歌曲，赞一句"老师好潮耶！"

寓居斯坦福这几天，与嘈杂、喧嚣、热闹相反，享受足了清幽和寂静，当然，还是王粲的话政治正确："虽信美而非吾土兮，曾何足以少留。"但每天拥书悠游，在无疆界的精神领域徜徉，如行走在山阴道上，见山川自相映发，应接不暇，尤难为怀。说来也惭愧，反倒没有注意周遭的"风萧瑟而并兴兮，天惨惨而无色"，也没有能体会并追摹王仲宣当时怆怛凄怆的心境。

毗邻纽约的这座康州城镇并不大，城市中心区尤其逼仄，但书的世界很广大也很神秘，大家也不妨多进来走一走，看一看。

鸿　迹

一

第一次听安旗老师讲课是在本科班而不是在读研究生时期。我还记得生物系教学楼四层有中文七九级的固定教室,两幢楼宇交接处的顶层有个很大的平台,课间休息,呼吸空气,看看风景,男生抽烟都可以利用这个平台,甩胳膊踢腿的课间操也可以在平台上演练,有时还充当痴男怨女们的约会地点。

安老师给本科班上"李白研究"选修课,其间究竟开设了几届,我记不得了。反正我们这一届是完完整整地听她讲过课。记忆中课代表是王顺岐、张蓉、雷和平等是这门课的积极分子,我也是一个比较认真的听课者,很少缺课。安老师不属于脱口秀型的教师,她似乎不善于戏说和渲染,课前课后也并不多与学生互动交流。课堂上只是照讲义讲,条理清晰,枝蔓很少,偶尔也涉及一些考证,把引证的资料逐一书写在黑板上,做扼要的解释。课完了就走人。从资料中知道,安老师来西大执教与我们七九级入西大读书是同一年，她设帐长安的年龄也与我写这篇短文的年龄大体相似。

印象最深的是安老师粉笔板书的工整。我帮她校对过几次稿子，发现她的钢笔字也隽秀，整部书稿或整篇文稿誊抄得一丝不苟。及至黄山书社出版她的《书法奇观》，才知她知能并重，对书史、书艺也有独到的见解。书稿的其中一章《两爨篇》曾在《中国书法》刊出，该刊那一期竟拿出三分之一的版面刊登书论圈外学者的成果，足见重视程度。其实老辈学人无论从事何类研究，大多在书法方面下过童子功，虽不一定以书艺知名，但是大多能把字写得中规中矩。

第一次阅读安老师的文章，不是她古代文学研究的专门成果，而是她的一篇小文章。印象中是在念本科时看到的一部中国现当代女作家作品选，安老师入选的竟是叙述李白的一个片断，猜想应是节选了《李白纵横谈》中的章节。叙述一千多年前的历史人物，仍然文采飞扬，有磅礴的气势，有灵动的想象，与课程的拘谨平实形成了对照。在她的笔下，李白在长安街上醉态踉跄，一边长袖翩翩地舞动，一边绣口喃喃地吐出珠玑诗句。她说李白饮的不是斗十千的清酒，而是寂寞，是痛苦浇出的块垒。于是安老师的学术个性就彰显了出来，与其他作家和学者就区别开来了。其间还读过她写杜诗的文章，写新诗的文章，虽然是在二十世纪五六十年代那个特殊时期撰写的，但仍能看出她的学术个性和行文特色。

第一次听到安老师发脾气，据说是为了一篇文稿。某刊物要采用她的一篇稿件，主事者也很认真，文章有具体改动，还把稿件转她过目，听说安老师看后，在电话上与人家争辩，吵得很激烈，还挂了电话。还有一次，就是《李白别传》刚由人民文学出版社推出时，据说她对编辑的一些改动不同意，不久又让西大出版社按她的原稿重新印了一版。她对学术上的原则性问题是很执拗的，一点都不愿意变通。

二

1983年春，我报考西北大学中国古代文学专业硕士研究生。初试顺利通过后，在现在太白校区物理系四层参加面试，面试小组成员好像还有赵俊玠老师、房日晰老师等，安老师即兴提问，问我能否背诵李白的作品。我说能背《蜀道难》，她似乎有些不信。我脱口背了几句，她打断说，可以了可以了。她相信我真的能背下来。

功课上得到安老师的奖励，还不是在读书期间，而是在毕业留校后。那时安老师与她的团队正在进行《李白全集编年注释》，经常见他们繁忙紧张，挑灯夜战。课题组曾在校内召开过一次小型讨论会，我也应邀参加。稿子提前复印并发给我，我在认真拜读后，提了一些建设性意见。安老师很重视我的意见，她觉得我讲得有道理，在多个场合向院系内的老师夸奖我，薛瑞生老师很多年后还记得这件事。安老师在搬家时把自己的一个青冈木的书柜送给我，作为对学生贡献的物质奖励。

现在回想起来，读书期间与安老师的交流其实很少，毕业留校后请益才逐渐多起来。我自己留校有了工资收入，每次见她，带一点陕北的土产，小米呀，绿豆呀，红枣呀，不想空手见老师。安老师见面总是说我带的小米和红枣好，能极大地缓解她的病。我知道并非小米、红枣真的有什么奇效，而是这些土物能引起她的红色记忆。她在陕北时期可能物质上很艰难，但在精神上还是愉悦的。虽然延安时期有过"抢救运动"，有过针对王实味、丁玲等的批判，但那是针对大知识分子的，她当时还没有进入那个圈子。对她而言，解放区的天是晴朗的，延河的水是清格粼粼的。

与安老师聊天，每次刚落座时，她的话很少，似乎不愿多说，等到你客套半天准备离开时，她才拉开话匣子，进入谈话的亢奋状态。这时的话很多，思绪也多，容不得你插嘴，也让你不好意思说要离开。她把话头从一端扯开，形成许多分岔，仿佛让听者迷路了，而她自己却很清楚，能从第一个分岔拉回到主干上，又从主干上再游离到第二个分岔中，这样往复变化，迂回推进，讲者很投入很辛苦，听者很累但获益也很大。所以，准确地说，我听安老师讲研究生的课，是在毕业后，是在每次与她神侃闲聊中，这时的她神采奕奕，语无遮拦，对一些作品的解说，对一些人物的臧否，都极其精辟。

三

据阎琦老师讲，1982年前后，周三下午中文系举行学习例会，学校组织部来人宣读了两个"平反"文件，其中一个是关于安旗老师与胡风集团成员关系的。文件大意说这两件事都属一般事件，当初记入档案不必要，现予以撤销。他说他当时很诧异，感到虽是党内高干，原来也是极不"安全"的。在我的印象中，安老师从来没有提过此事，故在很多年后听到，我也感到惊异。

为了确认此事，我让我的学生王夏琳到学校组织部查档案。夏琳查了组织部的各类档案，并未找到这一条材料，但意外地获得了另一条有关"文革"的材料（因与本文题旨无关，此略不述）。我不甘心，又让学生到人事处查干部档案，最后终于在档案中找到了署名中共西北大学委员会落实政策领导小组的《关于为安旗同志平反的决定》（复字〔82〕002号），想必阎琦老师听到宣布的应该就是这份文件。

很长时间，安老师诉说她要依赖安定片来调整睡眠。有段时间社会上谣传安定片不再生产了，老师很惶恐，她曾千方百计让许多人帮她购买安定。我也曾帮她买过。家里的安定存储到够好几年服用，她才不焦虑不紧张了。

这几年遇见过不少亲属和朋友中的孤独老人，特别是看过徐鞍华执导的飞马奖获奖新片《桃姐》，对老年生活和老人遭遇有了更多的了解与同情。也许是过去人们叙述老年生活涂了过多的油彩，也许是自己的父母不在身边，没有这方面的体察和亲历，我对老年的概念很模糊。加上安老师离休老干部和知名学者这些金字招牌，反倒使作为学生和晚辈的我实际上疏远并冷落了作为老人的老师。她前几年的境况或许就是一个孤独老人老年生活中的某些侧面。

安老师封笔前的最后一册著作《落叶飞花：安旗集外集》中有

一首《八十看十八》的自题诗，述及她经历的"十年浩劫"，她用"创巨痛深"四字来概括所历遭遇的感受。应该说，她的焦虑、紧张、失眠、猜疑除了老年的孤寂外，恐更多地与那个"创巨痛深"的时代有关，与如影如魅地悬在头上的那柄无形剑有关。

安老师年轻时追随红色革命，风风火火几十年，"文革"后应西大老校长郭琦之邀，再返长安，投身教坛，心无旁骛，专攻李白。除了一般学者的著作等身、成就斐然外，更重要的是她在西大古典研究中的领异标新，开山创派。使学界对西大唐代文学研究的认知发生重大变化的，除了傅先生的杜甫研究，还有安先生的李白研究。由安老师担任总主编的《李白全集编年注释》一书，1990年已出初版，收获了许多声誉。但安老师仍不满意，很早就又做了修订，惜未能及时推出。新版在2015年由中华书局隆重再版。2015年年底江苏的凤凰出版社推出了郁贤皓先生独立完成的《李太白全集校注》。另据悉，由詹锳先生主编的《李白全集校注汇释集评》修订版，也将由人民文学出版社推出。相信李白研究在沉寂多年后，会因为这几部著作的络绎出版，再次引发许多新话题，李白研究也会步入一个缤纷热闹的新时期。

对安老师来说，绚烂缤纷早已告退，一切都归于平静。她女儿和女婿这几年把她照顾得非常好，她步入了宁静安详的晚年。今年春节后，我与阎琦老师、芳民兄一行到医院探视，看到安老师平静地躺着，平静地配合着来探视的客人照相，不一会就又平静地进入了婴儿般的睡眠。

其实平静是一种极境。

迟到的追思

去年傅璇琮先生住院后，我曾利用在京出差机会到医院探视。当时与葛晓音老师约定一块去，不料葛老师不慎扭了腰，伤了脚，最后我一人去了北京电力医院。

那一天是5月23日，当时傅先生身体状况还不错，人在医院，床头还放了不少书稿和期刊，仍在工作。他还说及向某学术机构推荐我的成果。我陪傅先生聊了一个多小时，临行前我说为他带了一些水果，他追问是什么水果，我打开食品袋逐一介绍。我还记得有一次给他带了一盒铁观音，他坚持说只喝龙井，硬是不收我的铁观音，说不想让我破费。一般人仅注意到傅先生随和的一面，其实傅先生还有不苟且的一面。

得知傅先生病危和去世消息时，我已订好赴香港的机票，应香港城市大学之邀，做一周唐代文化讲座。因我个人的原因，讲座已经连续推迟了两次，所以第三次推迟的话怎么也说不出口。香港人做事很认真，暑假和开学初就要将一学期的学术活动安排妥帖，在校内做成小册子，还在校外媒体上发海报公布。所以我人未到，在港的朋友多已知道我的行程，预约见面聊天。如我的行程再变，朋友们的一连串安排也要跟着变化。近年来，我在所工作的学校一直倡导"课比天大"，如自己仅嘴上说说，从不践行，师生们都会鄙视我的。但因赴港教学与参加傅先生追悼会时间冲突，也让我痛苦纠结了好长时间。我只好委托李芳民、郝润华两位同事，代表西北大学文学院也代表我，最后一次看望傅先生，送老先生一程。

前一段时间，郭丽告知今年即将出版的《唐代文学研究年鉴》，要做一个悼念傅先生的小辑，嘱我写几句话，我想起了过去没有提及的一件小事，在这里简单说说。

约2006年前后，有一天接到傅先生的一个电话，说及一家地方出版社约北京的知名学人编一套"人文学者名家之旅"丛书，陆续收到了几部稿件，但那家出版社却因故没有将选题做下去。傅先生嘱我可否与西北大学出版社联系一下，我说应拿着稿件与出版社谈。于是宁波大学的傅明善教授很快将他所著《傅璇琮学术评传》书稿寄我，我及时转给了学校出版社，出版社的马来、张萍两位领导很重视这部稿子，从封面装帧、文字设计到印刷用纸，都下了一番功夫。书印出来后，传主傅先生和作者傅明善都很满意。我能为学界的一件功德事穿针引线，自己也很欣慰。稍微遗憾的是，出版社感到丛书中的其他几种书稿涉及的领域过广，体例也不统一，故没有能推出来。

最近，陈尚君会长来西大演讲，以傅先生的学术贡献及近三十年唐代文学研究的风气转变为题。其中提及刘再复先生回忆傅先生的一篇文章，因了尚君的介绍，我专门找到今年第6期《炎黄春秋》，拜读了刘再复先生的文章。刘的文中所述两件事，体现了傅先生不苟且、有底线的一面，也就是没有特殊时期普通人身上的那种"平庸的恶"。这种精神性的东西不光是在被洗澡运动几十年的老辈学人中难能可贵，就是搁在我们这些自诩为沐浴了改革开放阳光的中生代中间，也是很稀罕的。我过去以为我们与傅先生的差别仅仅是学术造诣的高低、成果贡献的大小。现在看来，在士人君子的操守和气节上，表面柔弱的傅先生有他至大至刚的另一面，这才是充满精致利己主义的当下最缺乏的东西。

还记得八九十年代，我以学会秘书处工作人员的身份参加学会的一些活动，得以经常随侍傅先生。老先生腿脚不太好，不良于行，我们比别人走得慢，经常落在后面，故能从容地听到他对学术人生的一些精妙见解，也能零距离地一瞥他天真烂漫的一些侧面。有一次会后在西南少数民族地区考察民俗，参会的中青年学者与当地土著居民联欢，载歌载舞，煞是热闹。鼎沸的人群中不时传出笑语，傅先生受此感染也想挤进人群，师母徐敏霞在旁严肃地说："老傅，年轻人的活动，你凑什么热闹？"傅先生听了老伴的话，像乖巧的孩子一样止步了，但脸上的表情似乎对"热闹"还是有些不舍，眼神里也流露出好奇的光。这略带淘气的表情多见于孩子身上，成人世界很少能看到，所以我对这个细节印象很深。

傅先生以他的名山事业为世所知，但在他的精神世界中，还应有更宏阔的风景，更蔚蓝的天空，更精彩的故事。只是我不知道，就不再臆测了。

琐 忆 交 大

最早知道西安交大的名字是在念中学时。高中的物理课有一段时间是高振发老师带，据说高老师毕业于交大锅炉专业，身材精瘦，普通话中的沪方言味道很重，我们一大半听不懂，他解题从不看讲义，课讲得很精彩，他的漂亮的播音员妻子也很洋气，使得学生们对高老师很崇拜，爱"乌"及"屋"，由此也引出了对交大的崇拜。这是"文革"后期我留下的交大记忆。

后来我负笈西安，先是念书，后又教书，一晃几十年过去了。虽然高考时交大还没有开办汉语言文学专业，我未曾在课堂上亲承交大老师的欬唾，但与交大的师友们过从颇多，交游甚笃。我的大学同学张蓉毕业后就到了交大，是交大汉语言文学专业的早期创办人之一。好友张再林教授刚到交大时，曾对我感慨交大行政办事效率高、服务态度好。张思锋、单文华、王文波等教授对我们的学科建设多有支持和指导。我与交大现任领导班子成员中的赵昌昌书记是教育部教育行政学院第 33 期中青班同学，我们一起在大兴黄村校区度过了三个月，我曾写过《黄村碎事》（收入拙著《行水看云》）

记录这一段经历。我还多次聆听著名学者、国家教学名师冯博琴老师的示范教学课。原副校长于德弘教授在我分管西大教学工作期间，对学校教学工作和我的业务发展，多所指导，无微不至，如醍醐灌顶，令我清醒。履痕点点，往事历历，构成了我丰富多彩的交大记忆。下文我想撷取几个片断，说另外几件和交大有关的琐事。

学在交大

20世纪70年代念大学时，总能听到同学们介绍西安各高校的特色。学生们私下的编排，并不像官方的正式介绍那样系统全面，总喜欢用一两个字以偏概全，比如说学在某校，吃在某校，爱在某校，玩在某校云云。不同时期的版本并不一样，哪个学校的伙食变好了，吃在某校的口碑就挂在了某校，好像是青年突击队的流动红旗。在流传的多种版本中，有一个较一致的说法，就是：学在交大。

对这个说法可以有不同的解释，但总体上说是指交大学风纯正，学生学习刻苦，成绩突出。我在复旦做博士后期间，亲见复旦博士后管理办公室的顾美娟老师对来申请者说，只要是交大的学生来申请，他们基本都会接受。足见交大就像是名优品牌一样，在竞争激烈的人才市场上，可以走享受免检的绿色通道。

其实，交大的学生刻苦但并不刻板。印象中多次的全国大学生辩论赛，交大的学生都表现优异，榜上有名。报纸上还说交大青年教师所写的科幻作品，在知名的《科学》杂志上刊登。这足以让号称文史见长的西大、师大学生们脸红了。

学风的纯正与雄厚的师资分不开。交大的师资队伍应是西安高校中实力最雄厚的。除了在传统的理工专业保持优势外,在哲学社会科学甚至人文学科方面也很有竞争力。老交大中的上海人既精明,又挑剔。他们比懵懂的西北人识货,对有真才实学者能包容,能欣赏,也能不遗余力地引进重用。所以交大在人文社科方面也麇集了一批人才,像知名书法家钟明善,海归的法学家单文华,哲学史家张再林,人口学家朱楚珠、李树茁,经济学家冯根福、冯宗宪,等等。为了钟明善先生专门建立书法博物馆,为陈彦先生将整个陕西省戏曲研究院整体兼并,为了支持边燕杰先生的团队,将整个一栋楼拨付使用,都是可圈可点的大手笔。这些让很多高校管理者棘手甚至头疼的难事,交大都做得很漂亮,传为佳话。老师们感戴学校,全身心投入教学科研,学生是最大的受益者,学风焉能不受此影响?

"交通"的意涵

二十世纪六七十年代在西安流传一个段子,说交警拦住一个闯红灯的学生,问是哪个学校的。学生回答是交大的。警察挖苦说,交大学生怎么也不懂交规。段子意在讽刺交警没有学问,不知道此"交通"非彼"交通"也。

其实,小警察没说错,交通大学校名中的"交通",委实与交通运输有关。1921年,学校由南洋公学改名交通大学,就是时任民国政府交通总长叶恭绰提议的。当时的交通部主管路、电、轮、邮四政,都是实业之母,应该是一个大交通的概念。叶氏还曾著《交通救国论》，与当时鼓吹科学救国、实业救国者，唱的是同一个调调。叶氏所谓的交通，与民国年间人们所用的这个词，是交通一语的广义，而我们现在所谓的交通，则是这个词的狭义，略与运输近义。有趣的是，从汉语词汇的语源来看，不是先有狭义的交通，再派生出广义的交通，恰恰相反，现在通用的狭义交通的义项出现很晚。《管子·度地》："山川涸落，天气下，地气上，万物交通。""交通"是指互相交结通达，用作动词。陶渊明《桃花源记》"阡陌交通，鸡犬相闻"里的"交通"也用作动词，指纵横的道路交互连接。《史记·黥布传》："丽山之徒数十万人，布皆与其徒长豪酋交通。"也是指交往和勾结。现在常说的包括丝绸之路贸易在内的国际交流，过去的习惯用法是中西交通。专用作名词的交通运输一义似较晚出现，而且还包含着邮政邮电。1949年之前，共产党在敌占区所设的交通站，所用的交通员，主要是传递情报信息的，兼有转运军需物资的职能。现在狭义的"交通"一词，估计与中华人民共和国成立后的国务院所辖部委的细分有关，譬如我们有交通部，却专司陆路运输，不管河运、海运、空运等；铁路运输专门成立铁道部，空中的客货运输则另有民航总局，而信函的传输则另有邮政总局，电话、电报、电邮等数字传输则有信息产业部，至于电力则是另外一摊子。把一个统一的交通切割细分为千百块，各自独立，似乎彼此之间毫无关系。

有学者说，人类几千年来最大的发明就是网络，实体的网络就是各种交通，而虚拟的交通就是现在方兴未艾的互联网。互联网早期还有另一个汉译词，叫万维网，与古人所说的"万物交通"似有相通的意思。

在高校林立的西安城中，交大在传统的实体交通研究上已形成优势，涌现出不少一流学科。但在航天、航空、航海等三航交通上则应向西北工业大学致敬；在邮电和电信交通上，则应关注西安邮电大学；在人文与人心交通上，则应向西大和师大看齐。在请进来、走出去的中外交通方面，还应该向西安外国语大学学习。

从这个意义上说，交大校名中的彼"交通"含义广泛，寓意深远，但要真正践行起来，戛戛乎其难哉。交大任重道远，希望在下一个双甲子中，能结合"双一流"的建设，实现前贤在校名中所期许的远大宏图。

在交大开讲座

我曾多次应邀在交大参加学术交流活动，开办讲座，但年头太久，讲过的内容大多都忘记了。唯有一次，现在还记得，不是记得讲座的内容，而是记得当时学生做了一个海报，挂在网上。海报介绍主讲人时，称我是"国学大师"，我当时对此很敏感，在会场上专门更正过，但挂在网上就百口莫辩了。后来一些友人见面总喜欢用这个称号打趣调侃我，包括一些外地的朋友。我不好一一解释，当时还想过写一篇文章贴在博客中，算是公开说明，慢慢地也觉得没劲，由着别人说去吧。人生若每件事都要向别人解释证明，那你就什么事也别干了。

学生们很单纯，也没有什么恶意，他们想外校来了一位研究古代文史的专家，溢美性地为其戴上一顶"国学大师"的桂冠，应是出于好心。但当时关于"国学"云云，大家的看法并不一致，似乎负面的意味更多，而"大师"一语，连季羡林老人也坚辞不受，邈余小子，怎敢承受呢？当时另外有一位老者，因经常以"国学大师"的身份参加各类活动，后来被人抹成了三花脸。所以不光我自己对此称谓躲之唯恐不及，圈子里的朋友也多对此称谓不齿。可是这样特殊的学术背景，工科院校的学生们自然不知道，故他们的好意让我窘迫了好长一段时间。

这件事对我还是有教益的，此后参加各类活动，凡涉及对我的介绍，我执意要求主办方不要从网上转贴，我总会发给他们一个书面的介绍，尽量要他们写实，不要造成不必要的误会。

"国学"一词是19世纪末20世纪初的一个热词，当时国人喜欢用此语，有强调民族民粹的意味。但它与现代学术谱系中的许多学科互相交叉，重复纠缠，剪不断理还乱，我在很长时间尽量回避使用。大约十多年前，一位大人物曾建议西大创办国学院，我和李志慧老师也仅仅是将大人物的指示如实地向学校领导汇报，并未作过多的强调。后来还有不少朋友建议我们成立国学院，我也委婉地以不具备资格谢绝。

20世纪以来，我们把国学的各个部类切割细化，分成许多不同的学科、专业、方向、课题，分属不同的门类，就像我们把大交通、广义的交通，细分为许多的条块，分别让不同的部委管理一样，再要统合起来，谈何容易。人生百年，寿非金石，脆若芦苇，我们这一代人,亲历了轰轰烈烈的十年"文革",已耽搁了不少宝贵时间。东隅已逝,桑榆非晚。劫后余生,如能在狭小的专业领域,磕磕碰碰地做一点开垦,已感欣欣然。

有意思的是,交大虽然以工科见长,但早期的师资包括管理者却不乏综合素养全面、国学积淀深厚者,如南洋公学的校长唐文治、交大首任校长叶恭绰、文学教授王蘧常等。这样看来,交大年轻一代如能继往开来,在国学的领地继续拓殖,大师这顶桂冠他们一定能够摘取。

最后一次拜年

今年元月 24 日（腊月二十七日），我陪董丁诚老师到师大，最后一次给霍先生拜年。

过去每年都是在春节后去给老先生拜年，这一习惯我已经保持了二十多年。因为自研究生毕业留校工作，我就兼任中国唐代文学学会秘书，当时霍先生是学会副会长兼秘书长，秘书向秘书长汇报工作，因公之便，可以随时随地，如遇急事，也会及时联系。但平时我尽力减少扰霍先生清修，每年春节去一次霍先生府上，既是拜年，也是汇报工作。后来听董丁诚老师说，他每年也是春节后给霍先生拜年，随他去的还有郗政民老师、雷树田老师，我提出我也加入他们的拜年团队，这样便把两个活动并为一个活动。于是，曾有几年是我陪着三位老师去给霍先生拜年。中间有一段，郗老师身体不好，住在了校外，雷老师病后不良于行，董老师在北京住了一段。这一期间，又恢复到我一人给霍先生拜年。如果我不回老家，一般是大年初二或初三，如果回老家，一般是初五或初六。霍先生对我的这个习惯也知晓，如果偶尔晚了一半天，老先生就会念叨：李浩今年怎么还没来？

董丁诚、郗政民、雷树田三位老师都是我读本科时的业师。董老师与霍先生是天水老乡，老乡见老乡，话题特别多，谈起来也格外细碎深入。每到这时候，我知道自己插不上话，就溜到师母房中，陪师母聊聊天。

今年给霍先生拜年稍微有点特别。此前，新科学兄、一农学妹都曾电话告知，说霍先生病情不稳定，我和董老师商量后决定拜年提前。

这一天霍先生府上人很多，霍先生虽然躺在床上，但精神头很好，气色也很好，不像传说的那样危急。霍先生与董老师谈了一会，专门把我叫到他跟前，我握住霍先生的手，手很绵软，也很暖和，老先生满脸和气，思维清晰，他已知道我的近况，他看着我说："李浩的耳朵大，是个长寿相，有福之人。"伴随着的，还有他依旧爽朗的笑声。我接着老先生的话说，我学不及老师，德不及老师，但愿贱躯暂保，以便追随先生。希望老师多多珍摄，大树不倒，我们都能获得荫庇。师大副校长党怀兴兄也提及，要在今年适当时候举行祝贺霍先生百龄遐寿的活动。我们都期盼着这一时刻的到来，届时霍门弟子大聚会，共同为老师献寿桃。

当天因为还有天水市的市长一行人看望霍先生，我们也恋恋不舍地告别了霍先生，我也期待着祝寿活动的举行。

孰料春节刚过，我还在老家，忽然噩耗传来，霍先生溘然谢世。我随即赶到西安，参加了随后的吊唁和告别活动，也与同门的师兄弟专门聚会缅怀。接下来，师兄弟们纷纷撰文，缅怀老师，不少媒体也希望我接受采访，或者撰文。我感到自己一直陷于恍惚中，思维跳不出来，作文也迟缓，故婉言谢绝了各方的好意。

大半年过去了，思绪慢慢稳定了，感觉到在我心目中，霍先生有几点寻常人不及处：

一是滋兰树蕙，作育人才。霍先生在各界看来，是大学者，但在我们当学生的眼里，他首先是个好老师。霍先生的遗体告别活动中，虽然也有不少地方大员，但来的最多的，还是他不同时期的学生。霍先生有教无类，故学生中既有"文革"前后的本科生，也有恢复高考后的研究生，还有社会各界喜欢书法、旧体诗词的友人。我属于研究生这个群体。霍先生是建立学位制度后较早开始招收硕博士研究生的导师。当时的学位授予权及导师资格是由国务院学位委员会统一评审的，是因人而授点，而不是后来的因设点而评导师。霍先生也曾多次向我说及当时评审的一些花絮。因为做导师早，故招收的研究生多，硕博士生加起来超过了一百多，所以学界把霍先生的学生称作"霍家军"。当然"霍家军"的得名不仅仅因为是人数多，还因为优秀人才多。在全国各地高校古代文学专业任教者为数不少，其中不少已成长为各校古代文学学科的中坚和骨干。

当下，各地高校热衷于"双一流"建设，而"双一流"又更多地对接为课题一流、科研一流，对于理工科的科研院所，以科研课题为龙头，不能说没道理。但对于以人才培养为目标的高校，漠视或忽略培养一流人才这个重中之重的目标，是很悲哀的。好在霍先生等一批名师给中国高等教育,特别是中文学科的教育树立了标的。"风檐展书读,古道照颜色。"我们当学生的应该继承老师的优良传统。

二是打通诸艺,知能并重。霍先生这辈学人虽然直接沐浴了"五四"新文化的阳光,但是早期都受到优美家学的熏习。霍先生长于西北重镇天水,彼地旧学的势力更大,这对他后来的发展产生了深远的影响。他对传统文献的熟悉来自童蒙时期,他的诗赋、书法写作,也都有童子功。这与仅有学校教育而没有家学的新一代相比,自然不可同日而语。

霍先生这一代人与更年轻的一批学人相比,能很自如地出入几个学科领域,如霍先生在古代文学的诗学、词学、曲学、小说学、古代文论领域都有建树,尤长于唐宋元诗词曲的鉴赏,对时尚的文艺学也不陌生,他还是共和国成立后较早参与新文艺学建设的学人之一。特别卓异的是,他在传统诗词曲赋写作方面卓然大家,在书法方面,也自成名家。他应属于古代所说的"通人"而非专家。这与钱穆先生倡导打通四部、施蛰存先生实践打通"四窗"、饶宗颐先生构建四方之学,秘响旁通,旨趣相近。

三是养生养心,道通天地。霍先生和师母都以高龄辞世,这虽然有家族和遗传的因素,但与他们注重养生养心,追求一种更为长远的价值有关。这种长远的价值我以为就是一种通达的智慧。

霍先生有几个孩子,均已成家,各有建树,但都靠工资养家,谈不上富有。霍先生丰富的收藏以及他的书法作品、手稿等,价格不菲,他在生前已妥为安排,捐赠给老家的天水师院和陕西师大,两校均为此设立了专门的书法艺术陈列馆。这种对遗产处置的态度,给我们很多启示。

宋儒程颐《秋日偶成》诗中说:"闲来无事不从容,睡觉东窗日已红。万物静观皆自得,四时佳兴与人同。道通天地有形外,思入风云变态中。富贵不淫贫贱乐,男儿到此是豪雄。"冯友兰先生据此将天地境界视为人生修养的最高境界,远远高于道德境界、功利境界、自然境界等其他三境界。我想,也许老师晚年已参透世象,超脱物我,故能在许多利益、利害上做出智慧和通达的安排。

霍先生去世后,门人弟子、各界友好纷纷撰文缅怀,我读到不少,感到情真意切,受益良多,我也把自己随侍老师的一点经历和感受写出来,表达对老师的无尽思念。

(原刊于《唐代文学研究年鉴》2017年辑)

三　张　华

西晋太康时期有三张二陆两潘，其中的三张是指张载、张协、张亢三兄弟。这几位哥们都是当时文艺圈里有头有脸的人物，也都有作品传世。唐代曾有三李二杜（或叫大小杜），但他们都是不同时期同姓人物的拼盘，虽说同姓，又都并称，但其实互相间并没有见过面。唐代另有五窦，宋代有三苏，那都是父子并称，上阵父子兵，不光武打，文战有时也需要父子兄弟间互相声援。

三张华与这些昔哲前贤都不一样。老张华是我的授业师，我曾经他亲炙，启蒙现代文学，特别是我关于鲁迅的认知，都是得之于老师的。小张华是我的朋友，我除了敬重他的学问，更佩服他的酒量。至于中张华，我迄今缘悭一面。

三年前与小张华聚会时，穆涛就发现了这件奇闻。他是个热肠子，也是活动积极分子，随后就开始张罗三人见面的事。大家都跟着说是好事。但要让不同地域、不同单位、不同年龄的三位同姓名者聚到一块，并非易事。毕竟滚滚红尘中，我们这些俗物匆匆忙忙，多沉浸在脱不开身的庶务中，对于真正的雅事，反倒不会持续关注。

今年前半年，穆涛已经确定了一个时间，通知我见证历史时刻，但临了又因为什么原因取消了。

这次大家聚齐了，我却于役兰州，人生难相见，动如参与商呀。古时交通不便，相见要靠运气。今天海陆空的交通都非常便捷，通过互联网，我们甚至可以时时视频，经常语音交流，但要真正见面，也还是需要缘分的。这次文学圈三位同姓名者历史性握手，确实是人生大机缘。关键时候，我又掉了链子，不能见证这一盛大场面，是我的大遗憾。

从学理上说，姓辨血缘，氏别贵贱，名以正体，字以表德，号以美称。名字就是一个具有区别意义的人文徽号，如出现同姓名，则这一称谓的区别性意义就减弱了，模糊了。若单单为了区别，我们可以换用更精准唯一的符码，如身份证号码、二维码、指纹、唇纹、虹膜、身体的红外线等等。但人类不会轻易地放弃这个古老的人文徽号，哪怕重复相同，也是一个极有趣的文化现象。

据统计，全国叫李浩的有30多万人，我见过面且认识的寥寥无几。今天仅在全国高校从事文学教育的老、中、青三张华聚首，确实是人生的一大机缘。其中老张华早年在山东大学读书，小张华的导师也是山大的资深教授曾繁仁先生，中张华现在仍在山大执教鞭，则他们共同的学脉都与鲁中的山大有关，而他们的历史性握手则是在关中的长安，这又是奇中之奇。

闻一多写李白与杜甫这两位异姓兄弟见面时说："我们该当品三通画角，发三通播鼓，然后提出笔来蘸饱了金墨，大书而特书。因为我们四千年的历史里,除了孔子见老子,没有比这两人的会面,更重大,更神圣,更可纪念的。"闻是多血质的激情诗人,他可以这样手舞足蹈,好像是他在与他的兄弟"醉眠秋共被,携手日同行"。我祝贺三位同姓名者珍惜人生的大福报。"渭北春天树,江东日暮云",我也梦想有一天能与我造化中的真宰相遇,不敢奢望同名同姓,只要是臭味相投,喜欢同一个调调就可以了。

课 读 忆 往

编辑问我：母亲对你的读书有什么影响？仓促之间，我一片迷茫，还真不知该如何回答。不过，这倒勾引起了我对一段陈年往事的回忆。

我的家乡在陕西一个偏僻的小县城，"文化大革命"开始时，我也到了现在的孩子们上小学的年纪。我们家是一个多子女的家庭，我是几个孩子中的老大。母亲读过高小，应该是那个时代有点文化的人，但是她每天忙于家务，为了补给家用，还常在外面兼做一点零工，基本顾不上我们的学习。唯有天气不好，或者晚上孩子们闹腾不睡，她为了哄孩子们入睡，才给我们讲故事，但不是什么安徒生童话、伊索寓言、格林童话之类高大上的世界名著，而是《白毛女》中的白毛仙姑，以及从前有座山，山里有座庙，庙里有个老和尚，老和尚给小和尚讲故事。讲的是什么故事呢？讲的是从前有一座山……

倒是父亲对我的读书有直接帮助。"文革"开始后，破四旧，立四新，到处查处"封资修"的作品，他把查抄的《铁道游击队》《林海雪原》《野火春风斗古城》《红旗谱》等当时被视为"毒品"的书带回来看。那时中小学都没有课外作业,还有一段时间搞停课闹革命,连正常的课程也没有什么压力。于是,父亲带回来的这些"毒品"我也有时间偷偷地吸食。开始是背着父亲看,后来就发展到公开看,父母也没有明确反对。父亲还带回来过《水浒传》《三侠五义》之类的书,我也生吞活剥地读了。

因为阅读了这些课外的"禁书",我就比同龄的孩子多了文化资源,也有了话语权,所以经常现蒸现卖,白天自己读,晚上就开始给小朋友们炫耀卖弄,或批发或零售或走私。记得清楚的部分能把一大段一字不差地复述下来,记不清楚的地方就添油加醋做些改编,反正别人都没看,没有人出来指证我讲错了。小孩子出于天性的爱逞能,并不是什么优点。但给我带来了两个好处:强化了我的记忆,锻炼了我的口才。

少年时代精神的发育与肉体一样,疯也似的野蛮生长,极易饥渴,很快,仅仅靠父亲带回来的那几册书已无法满足我的胃口。我拿着父亲的书与街道上其他小朋友交换,也交流阅读感受,这样书的来源便不断扩大。从人类远祖发明以物易物的商品交换开始,就等于撬开了贸易和经济的大门。书籍的交换,信息的交通,知识的交流,也在那个封闭的时代打开了我憧憬远方的大门。

父亲有一次嘱我看管锅灶,因我沉浸在新书的阅读中,炉灶上的稀饭烧煳了,竟也浑然不知。父亲一气之下,把我手中的书投入熊熊炉火中,付之一炬。这书并不是他拿回来的,是我借别人的,市面上又买不到,我真不知该如何赔偿别人,我为此对父亲记恨了很久。

那个时期学校没有硬性规定课外读书,家长也不逼着孩子读书,孩子们大多没有学习的压力。我读书仅仅是出于兴趣和爱好,我当时觉得这种兴趣与吃喝嫖赌没有大的区别,一旦染上,也轻易戒不掉。

我自忖个人的资质禀赋平平,如果当时指挥棒引导读书,全社会比赛读书,聪明的孩子们都用功努力读书,我根本不是他们的对手。这就像龟兔赛跑一样,又聪明又迅捷的兔子如果再朝着一个既定的方向奔跑,小乌龟要赢这场比赛,连门都没有!不幸抑或幸运的是,那个时代宣传的是"读书无用论",聪明的兔子对这个目标避之唯恐不及。

我就是那个一根筋的笨乌龟,艰难迟缓地挪着步态,侥幸走出了那段艰难,误打误撞闯进了尊重知识、尊重读书的新时代。几十年后,我依旧笨如乌龟,除了读书,别无长物。但新一代的兔子们,又与时俱进地学会了许多新的游戏。而且开放时代的游戏方式,缤纷绚丽,令人眼花缭乱,流连忘返。无聊无趣的我,至今仍只知道在书里讨生活,在书里找乐趣。

我的家庭不属于书香门第,也没有什么珍贵的藏书,母亲和父亲并没有给我讲过读书的重要意义,更谈不上具体指导读书方法,也没有说过什么闪闪发光的金句。他们只是像天下所有善良的父母亲一样,没有扼杀一个孩子的天性,"顺木之天以致其性焉耳"。在读书无用的年代，他们没有刻意打击压制孩子；在今天全民崇尚读书甚至迷信读书的时代，他们也不觉得他们的儿子有什么让他们傲骄的本领。

偶尔与老母亲通电话，或者回老家看望，她还是一成不变地唠叨：少看点书，别人越读越精明了，你却越读越傻了。再说，天下的书你永远也看不完。早点休息，不要太劳碌了。

我的老娘呀，你净说实话，一句话又把我打回了五十年前的原形。

（原刊于 2018 年 5 月 13 日《陕西日报》。原刊有删节，此为全稿）

后　记

　　本书的稿子两年前就应该交给永新兄了。当时我们在餐叙中说及，永新说没嘛哒。我却爽约了，晚了差不多两年。原因我在自序中已提及，这里不再重复了。

　　有朋友说本集的书名有点陌生，此前的集名都是四个字，这一册却变成了三个字。我解释说，四字两节拍，很容易滑向成语俗语，好处是通俗，缺点是容易陷入套语模板。故这次改成三个字的书名，典出《红楼梦》第四十回。这一回的回目是"史太君两宴大观园，金鸳鸯三宣牙牌令"。　小说描述到探春秋爽斋内景时，这样写道：

　　　　探春素喜阔朗，这三间屋子并不曾隔断。当地放着一张花梨大理石大案，案上堆着各种名人法帖，并数十方宝砚，各色笔筒、笔海内插的笔如树林一般。那一边设着斗大的一个汝窑花囊，插着满满的一囊水晶球儿的白菊。西墙上当中挂着一大幅米襄阳《烟雨图》，左右挂着一副对联，乃是颜鲁公墨迹，其词云：烟霞闲骨格，泉石野生涯。案上设着大鼎。左边紫檀架上放着一个大官窑的大盘，盘内盛着数十个娇黄玲珑大佛手。右边洋漆架上悬着一个白玉比目磬，旁边挂着小锤。……东边便设着卧榻拔步床，上悬着葱绿双绣花卉草虫的纱帐。

按小说的说法，联语"烟霞闲骨格，泉石野生涯"的墨迹是唐代颜真卿书写，那么文辞是否也是颜鲁公的呢？曹雪芹没有说，至少现存颜鲁公文集中没有查到，所以红学家多以为是作者曹雪芹自撰。我不管它是颜鲁公、曹雪芹，还是别的什么人所写，就是喜欢，故引过来作为书名，虽然仍没有摆脱用典，但这个典故稍微形象含蓄一点。

当然，或许因为这几年我在倾力做园林文学的课题，满脑子都是园林的意象，故偏爱这个染了园林色彩的语汇，我也不否认。也有人指出烟霞、泉石典出唐代隐士田由岩的"泉石膏肓，烟霞痼疾"（《新唐书·田游岩传》），从语词上似有某种复调关系。

站在今天的立场上看，无论是"泉石膏肓"，还是"泉石野生涯"，都不过是一种精神企求或白日梦而已。对一个工薪阶层来说，上无片瓦，下无立锥之地，你高价买的那百十平方楼层，只有七十年产权，你不过是暂栖而已。古人讲买山而隐或躬耕自资还是可以实施的，现代文人仍照着这个调调说，基本是吹牛。即便如此，我们仍要给自己的不沉沦、不放弃找到一个卑微的理由：过率真极简的生活,并把它作为一种权利来捍卫,作为一种境界来追求。

2020 年 4 月 22 日草成